Christel Tarras

Es geht immer weiter – nur anders

Über das Ineinanderfallen der Zeit

Erzählt wird eine Kindheit und Jugend im Nachkriegsdeutschland der 50er und 60er Jahre vor dem Hintergrund einer sprachlosen Gesellschaft auf der einen Seite und den Prägungen der Eltern durch eine preußische Erziehung und den Verlust des Sohnes im 2. Weltkrieg und dem Tod als ständigem Begleiter im Alltag.

Die Tochter erfährt mit 13 Jahren, dass sie adoptiert wurde, Geschildert wird in den Jugendjahren der verzweifelte Versuch eine eigene Identität zu finden

geb. 1944

Mit fast 78 Jahren blicke ich auf ein aufregendes und oft schwieriges Leben privat und beruflich zurück. Dennoch: den Kopf trage ich noch immer oben und weiß, dass in allem auch etwas Gutes liegt.

Jetzt bin ich Unruheständlerin und allein erziehende Großmutter, summa summarum: Lebenskünstlerin

Bevor ich alles vergesse, schreibe ich es lieber auf und mache den Anfang mit diesem Buch.

Mal sehen, wie weit ich komme......

Christel Tarras

Es geht immer weiter – nur anders

Über das Ineinanderfallen der Zeit

Bibliografische Information der Deutschen Nationalbibliothek: Die Deutsche National-bibliothek verzeichnet diese Publikation in der Deutschen Nationalbibliografie; detail-lierte bibliografische Daten sind im Internet über dnb.dnb.de abrufbar

©2022 Tina van Veelen

Herstellung und Verlag:
BoD – Books on Demand, Norderstedt

ISBN 978 3 7568 6248 1

Prolog

Für Christoph, Philipp und Hendrik

Das Leben ist ein Haufen Scheiße - doch:

aus Scheiße wird Dünger,

und je mehr Scheiße du hast,

desto mehr Dünger kriegst du

Prolog

Niemand sollte von einer Mutter verlangen, dass sie entscheiden soll, wann es an der Zeit ist die Geräte abzuschalten. Automaten, die lebensnotwendig sind, Automaten, die im schlimmsten Fall nur Leben vortäuschen, wo doch das Leben sich längst heimlich davongeschlichen haben kann, wer will das beurteilen? Narrte mich das regelmäßige Fauchen und Zischen des Beatmungsgerätes nur? Wieder und wieder ließ ich die Blutwerte kontrollieren in der Hoffnung, dass sie mir zeigen, da kämpft ein Mensch für sein Leben, um sein Leben, er ist todkrank aber nicht lebenskrank, nicht krank am Leben. Doch Stunde um Stunde verging, die Ergebnisse zeigten nur weiter nach unten, dahin, wo kein Leben mehr existieren kann. Zwischendurch steckte ein junger Arzt seinen Kopf ins Zimmer mit fragendem Blick: wie sieht's aus, haben Sie sich entschieden? - die Krankenschwester am Bettende trippelte nervös von einem Bein aufs andere, wagte jedoch nicht weg zu gehen, obwohl andere Patienten sie sicher dringender benötigten, denn diese hier war doch schon längst tot, das konnte doch jeder sehen. Und mein Sohn saß am Bett seiner Schwester, streichelte ihren Arm und redete leise auf sie ein, ebenfalls in der Hoffnung, sie könne ihn hören, seine Bitten erhören, sie möge am Leben bleiben, und sei es nur für das Kind. Das Kind braucht dich, flüsterte er ins Ohr und mied dabei meinen fragenden Blick. Nein, er wollte nicht entscheiden, nicht mittragen an solch einer Entscheidung und tat es dann doch. Nickte mir zu, und seine Augen sagten, tu es, mach ein Ende. Sie will es sicher auch. Und so streckte ich den Rücken gerade, hob den Kopf hoch, wechselte den Blick zwischen Tochter und Armaturen weg zum Stationsarzt und sprach den endgültigen Satz: Schalten Sie ab.

Ich hatte keine Tochter mehr.

Die Zeit vor dem Krieg

Die Eltern

Mami

Mami, dir hat der Krieg den Sohn gestohlen, meine Tochter holte das Feuer. 2 Tote – 2 Kinder. Bringt uns das einander näher? Schöne, stolze, traurige, strenge und harte Mami. Meine frühesten Erinnerungen an dich hängen schon mit dem Sterben zusammen, mit dem allgegenwärtigen Tod, obwohl diese Worte nie über deine Lippen kamen. Er ist gefallen, sagtest du vor dem Bild mit den immer brennenden Kerzen, ganz in schwarze Trauer gehüllt und nie ansprechbar. Und ich verstand nicht, warum solche Traurigkeit davon ausging. Wenn man fällt, steht man auch wieder auf und läuft weiter. So hatte ich es gelernt und erwartete, dass dieser fremde Sohn jederzeit an der Tür schellt, lachend hereinkommt, hier bin ich, sagt und damit die Traurigkeit wegfegt als ein lästiges Hindernis und die Freude einkehrt wie beim Gleichnis vom verlorenen Sohn. Doch als es an der Tür schellte, draußen ein junger Mann stand mit den Worten: Ich hab' hier mal gewohnt, und ich aufgeregt schrie: Mami, komm schnell, der Ludwig ist da! Da schlugst du dem Fremden die Tür vor der Nase zu, kreideweiß im Gesicht und zitternde Wut auf den Lippen, und deine Hände schlugen erbarmungslos auf mich ein. Erinnerst du dich? 6 Jahre war ich damals alt, als mein Glaube an die Welt in sich zusammenbrach, die Angst sich mir überstülpte wie eine zweite Haut und anfing sich nach innen zu fressen. Warum hast du mir nie erklärt, was 'gefallen' bedeutet? Das es gestorben bedeutet?

Ich nannte dich Mami, aber eine Mutter warst du nie, nicht für mich. Mit dem Tod des Sohnes warst du eingefroren und nie wieder aufgetaut. Dieser einmalige, schöne, hoch intelligente Sohn, den der Krieg dir gestohlen hatte, war er so gewesen oder hast du ihn erst einmalig gemacht? Auch ich fing an mir einen großen Bruder zu erdichten, einen, der mich beschützt vor den allgegenwärtigen Gefahren. Mami, ich strengte mich an, wollte so gut und so schlau sein wie er – aber kann ein Kind gegen einen Toten anstinken, sich mit ihm messen? Meine Versuche waren zum Scheitern verurteilt, und langsam begann sich meine Bewunderung in Hass zu verwandeln, dann in Gleichgültigkeit. Aber ich greife vor, die Gedanken galoppieren zu schnell.

Schon früh begriff ich, wie ich dich zum Reden bringen konnte. Ich musste nur nach Geschichten des Sohnes fragen – Mami erzähle von Ludwig – und ein

Zipfel der Vergangenheit breitete sich vor mir aus. Manchmal stahl sich dabei ein Lächeln in das versteinerte Gesicht und ich ahnte deine ehemalige Schönheit.

Die Geburt deines ersten Sohnes – sie sollte auch die einzige bleiben, denn sie war lang und anstrengend, und das Kind lag verkehrt herum. Ich wäre fast dabei gestorben, sagtest du immer. Schon damals also der Tod als drohender Begleiter, und ich meinte fast so etwas wie eine stille Abmachung zwischen ihm und dir zu spüren. Denn warst du fertig mit dem Erzählen, folgte als Schlusssatz: Ich werde auch nicht alt, ich fühle es. Und ich zeigte auf eine Fotografie an der Wand: Mami du stirbst nicht, schau wie schön du bist. Aber das bin ich nicht, das ist meine Mutter, auch sie schon lange tot. Aber genauso siehst du aus, war mein Gegenargument.

Mami war Jahrgang 1895, also aus dem vorvorigen Jahrhundert, hatte den Kaiser noch persönlich gesehen, als er 1911 in Köln zur Einweihung der Hohenzollernbrücke war, hatte die Pferdebahnen noch erlebt, die vor der Elektrischen die Straßenbahnwagen zogen – die Straßen damals waren oft völlig verdreckt von den unzähligen Pferdeäpfeln, obwohl Arbeiter mit Schaufel und Karre hinterher zogen- „Kann man heute froh sein, dass die Zeit vorbei ist!"

Aufgewachsen war sie im Stadtteil Sülz auf der Marsiliusstraße, damals ein Arbeiterviertel. Sie war die Älteste von vier Kindern und wurde von der Mutter schon früh zur Mithilfe herangezogen.

Ihre Mutter: noch eine Generation früher. Und schon wieder eine Tote. Geboren 1865 in Eupen. Katharina, das jüngste von 12 Kindern, der Vater Konditor. Einfach ging es dort zu trotz eines gewissen Wohlstands, 12 hungrige Mäuler zu stopfen war selbst für einen Geschäftshaushalt keine leichte Aufgabe. Und dann kamen noch 4 Kinder von Vaters verstorbener Schwester dazu. Ihr Vater besah sich nur den Tisch und meinte, da kann man noch ein Brett dran machen, dann haben alle Platz. So hat ihre Mutter es ihr erzählt. Nun erzählte sie es mir und gab ihrer Stimme den Stolz der eigenen Mutter, die lesen, schreiben und rechnen konnte, was damals nicht selbstverständlich für ein Mädchen war. Auch Frauen müssen in der Lage sein, einen Haushalt selbständig zu leiten, war die Devise des Familienoberhauptes, und fähig sein Personal anzuweisen. Ach, vergaß ich zu erwähnen, dass Mutter das einzige Mädchen unter all den Geschwistern war? Leider heiratete sie dann nicht einen Kaufmann sondern einen Weber, und 1895 wurde ich geboren. Da ging es den Eltern noch gut, doch durch die Industrialisierung verloren die Hausweber Lohn und Brot, und als ich 5 Jahre alt war, mussten wir Eupen verlassen und nach Köln ins Rheinische ziehen.

Aus war es mit der Bürgerlichkeit. Jetzt war der Vater Fabrikarbeiter. Geld bekam er nur, wenn er arbeitete. Es fehlte an allen Ecken und Enden, eine harte Kindheit, die Mutter oft kränklich nach der Geburt der Zwillinge und dann kam noch ein Mädchen, meine Schwester, deine Tante Mia. Kann man sich heute gar nicht mehr vorstellen, wie das damals war ohne Kranken- und Sozialversicherungen, das es das heute alles gibt, verdanken wir der SPD und Bismarck, sollte man nie vergessen, meinte sie. Auch ich sollte nach der Schule in die Fabrik, erzählte sie weiter, aber ich habe mir das nicht gefallen lassen. Lehrerin wollte ich werden, da hat sogar die Schule sich eingeschaltet, den Eltern gesagt, dass ich ein Stipendium bekäme. Und die Kleidung, wird das auch bezahlt, hat mein Vater gefragt. Nein, das nicht, bekam er zur Antwort. Dabei wären es nur 2 Schürzen gewesen, seufzte meine Mutter. Nun gut, Lehrerin bin ich nicht geworden, durfte nicht auf die Präparandie, aber eine Lehrstelle habe ich mir gesucht und auch gefunden als Bankkauffrau. Bei Lambert & Danberg! Und bin nach der Lehre sofort eingestellt worden. Verdient habe ich gut, aber auch viel gearbeitet, sogar an Heiligabend bis in die halbe Nacht. Die Eigentümer waren Juden, bei denen gab es keine christlichen

Feiertage. Und das im katholischen Köln. Immer wenn sie das erzählte, zitterte ihre Stimme vor Empörung. Dann eine Pause, um mit ruhiger Stimme weiter zu sagen, ich hatte nichts gegen Juden, nur Weihnachten hätten sie uns eher gehen lassen sollen. Eine Stunde Fußweg war es bis nach Sülz, gut, ich hätte die Tram nehmen können, aber das war zu teuer, den meisten Lohn gab ich doch zu Hause ab, und so eine Bahnfahrt kostete 10 Reichspfennige. Und weil ich nicht gefahren bin, habe ich immerhin meinen Mann, deinen Vater kennen gelernt. Höchster Triumph.

Papi

Er war ihr Lottogewinn. Ein feiner Mann, ein Ingenieur, kein Arbeiter, kein Abstieg in die verhasste Arbeiterklasse sondern ein Aufstieg. Sie ging nach Hause, hatte auf dem Markt noch Äpfel gekauft, und dann riss die Tüte. Zwei junge Männer halfen ihr beim Auflesen und der eine sagte keck zu ihr: Schönes Fräulein, darf ich wagen Ihnen Arm und Geleit anzutragen, und sie antwortete wie aus der Pistole geschossen: Bin weder Fräulein weder schön, kann ungeleitet nach Hause gehn. Sie begleiteten sie dann doch, und der eine redete und redete, aber mich machte der andere, der Schweigsame neugierig. Das hätte ich aber niemals gesagt, und doch stand der einige Tage später vor unserer Tür. Da war es wieder, das zufriedene Lächeln.

Sie wurde sein Röschen, er ihr Herr. Negierte das Hindernis, dass er evangelisch, doch sie katholisch war, den Protest der Eltern – ihre sowie auch seine – mit dem Ergebnis, dass niemand zur Hochzeit kam außer einem Bruder – was machte das schon, sie hatten ja sich. Sechs lange Jahre hatten sie aufeinander gewartet, fast vier Jahre davon war er im Krieg gewesen im Russlandfeldzug und jeden Tag wurden 2 Postkarten auf die weite Reise geschickt, eine von Köln, die andere von Russland aus. Dann war er wieder da, auch noch gesund an Leib und Leben – die

Seele wurde nicht gefragt. Der katholische Pastor am Altar wollte nur wissen, ob sie tatsächlich bereit sei die Sünde auf sich zu nehmen und einen Protestanten zu heiraten. Dabei war es nicht nur die Religion, die sie trennte, es war der Klassenunterschied, der sich im späteren Leben immer stärker bemerkbar machen sollte.

Papi – Jahrgang 1890 - hatte eine andere Kindheit gehabt. Vater ein preußischer Beamter durch und durch, war er doch schon mit 8 Jahren in eine Kadettenanstalt geschickt worden. Die Mutter entstammte einer Industriellenfamilie – ein herrschaftlicher Haushalt. Vier Söhne wuchsen streng aber frei heran, Heinrich der Älteste, dann er Ludwig, August und als Jüngster Gustav. Ein Mädchen war wohl auch mal dagewesen, jedoch früh verstorben. Eine schöne Zeit damals in Kreuznach, schön und wild. Die Schule fiel ihm leicht, an den Nachmittagen vertrieben sich die Brüder die Zeit mit dem Fangen von Kreuzottern an der Nahe – ganz einfach mit einer Astgabel gleich hinter dem Kopf der Schlange in den Boden stechen, grinste er, dann kannst du das Gift nicht abkriegen. Noch spannender waren die Gerber, die mit bloßen Füßen in der Brühe arbeiteten. Drecksarbeit, knurrte er dabei, sie alle hatten abgefaulte Hände und Füße, also die Älteren von denen, und mit denen war nicht zu spaßen, und die Mutter hatte eigentlich verboten sich dort rumzutreiben. Er zuckte die Achseln und wischte dabei die alten Mahnungen weg. War ja nie was passiert, laufen konnten sie schneller als die Krüppel. Dann waren da noch die großen Werkstätten, riesige Eisenbahnräder entstanden in der Schmiede, die Technik faszinierte mich am meisten, das wollte ich später auch mal machen, so was konstruieren können ist doch eine tolle Sache., sinnierte er. Klar war für ihn, dass er sofort nach der Schule ein Ingenieurstudium absolvierte gegen den Willen des Vaters, der in ihm lieber einen Offizier gesehen hätte. Und die richtige Berufswahl hat mir in späteren Jahren mehr als einmal den Hals gerettet, fügte er nachdenklich hinzu, und damit war das Reden über die Vergangenheit beendet.

Es wurde keine gute Zeit für Verliebte. Man sah sich selten, statt-dessen wurden Briefe geschrieben, viele Briefe. Denn 1914 brach der Krieg aus. Ludwig sah das sehr skeptisch – alle, die jetzt jubeln und Hurra schreien, werden sich noch wundern, orakelte er, ich hab's nicht eilig mit dem in den Krieg ziehen. Er wurde aber dann doch ziemlich rasch einberufen und musste nach Koblenz.

Coblenz, den 15.VI. 15

Mein liebes Thereschen!

Heute habe ich Deine beiden Briefe vom 14. und auch vom 10. erhalten, letzterer ist also nicht verloren gegangen Ich habe mich über dieselben natürlich sehr gefreut und will Dir nun auch gleich mit einem solchen antworten. Ich nehme an, daß es Dir gerade so geht wie mir. Wenn ich schon bei gutem Wetter mir immer einen Stoß geben muß, um nicht ständig trüben Gedanken nachhängen zu müssen, so ist dies jetzt erst recht der Fall. Sorge wegen meiner Gesundheit brauchst Du aber nicht zu machen, denn bei schlechtem Wetter stellen sich unsere Vorgesetzten selbst nicht gerne in den Regen und haben daher meist Schuldienst Weißt Du noch, wie wir früher bei Regenwetter immer zusammen unter dem Schirm nach Hause gingen? Was würden wir wohl jetzt darum geben, wenn wir es wieder könnten. An Urlaub ist diese Woche nicht zu denken, denn nur mein Kollege hat solchen erhalten, da sein Vater im Mai und sein Vormund am Tage seines Einrückens starb. Jetzt muß er zum Vormundschaftsgericht und hat daher einen triftigen Grund. Ich überlege mir den ganzen Tag, was ich angeben soll, wenn ich nach Cöln fahren will, doch ist mir bis jetzt noch nichts eingefallen. Nächste Woche wird wohl das ganze Depot um Urlaub anfragen. Ein Kamerad, ein Kaufmann aus Cöln hat seiner Braut geschrieben, sie möchte an unser Depot schreiben und um Urlaub aus geschäftlichen Gründen bitten, da er sonst solchen nicht bekäme. Der Hauptmann gab ihm nun für den 30, 31. Und 1. Urlaub, vorher darf er aber nicht fahren. Du siehst also, wie es uns darin geht, natürlich sind alle Kameraden darüber sehr böse. Den ganzen Tag hat man nichts wie Dienst, und Sonntags würde man uns am liebsten auch noch einspannen. Daß diese Herren so viel Glück haben, ist wohl am meisten ihrem dicken Geldkonto zuzuschreiben, hoffentlich bekommen wir bald ein Gesetz über die Bestimmung von Kriegslieferungen, denn daß solche Zustände einen ehrlich denkenden Menschen empören, kannst Du Dir ja denken. Hast Du vom Gustav dessen Adresse schon erhalten? Jetzt wird es abends schon früher dunkel und herrscht dann in unserer Stube ein Wettkampf um die Fensterplätze, da alle gern schreiben möchten. Wie geht es Dir, mein liebes Thereschen? Hoffentlich bist Du noch gesund und erkältest Dich jetzt nicht bei diesem schlechten Wetter.

Nimm zum Schluss die herzlichsten Grüße und Küsse von

Deinem Dich stets treu liebenden

Ludwig

Dann ging es doch mitten hinein an die Ostfront als Telegraph in Russland. Immer vorne weg, war auch ein Vorteil, wenn's knallte, war man schon ein Stück weiter. Er landete dann doch im Lazarett – mit durchbrochenem Blinddarm, da war der Krieg für ihn vorbei. Bei Kriegsende war er auf Heimaturlaub. Nach seinem Tod fand ich auf dem Speicher einen ganzen Koffer voller Briefe und Postkarten. Sie hatte seine gesamte Post aufbewahrt…

Doch die Jahre der Trennung hatten sie beide verändert, sie waren einander in Treue fremd geworden. Das Wasser zwischen ihnen schien zu tief wie im Lied von den Königskindern.

Eupen, den 17. Sept. 1919

Mein lieber Ludwig,

Deinen Lieben Brief vom 16. ds. habe ich heute erhalten und war endlich von dem langen Warten (fast 1 Woche) erlöst. Ich gab den beiden Kölner Herren eine Karte für Dich mit, weil Du im Brief immer „Sonntag" schreibst und ich doch annehme, daß Du schon Samstag kommst. Ich will Dir heute Abend noch schnell beim Scheine einer Kerze (das Elektrische funktioniert nicht und im Restaurant mag ich nicht sitzen) schreiben, weil ich Dir gerne ehe wir uns wiedersehen, manches sagen möchte. Sie mal, mein lieber Ludwig, Du meinst immer, wenn ich mich nur erholt hätte, dann würde ich unser ganzes Verhältnis mit anderen

Augen ansehen. Das ist garnicht der Fall. Ich werde wohl infolge des langen Alleinseins äusserlich ruhiger werden, aber innerlich werde ich gerade in dem einen Punkte, um den sich alles dreht, nie anders denken und empfinden können. Ich habe Dir schon so oft erzählt, warum ich gegen Dich immer so verstimmt war. Man kann es nicht alles in Worte kleiden, Du musst auch manches verstehen, ohne daß ich es sage. Ich sagte Dir schon so oft, es gibt Blumen, die blühen und wachsen im Schatten, andere aber können nur gedeihen wenn sie viel Sonne haben. So ist es auch mit den Menschenherzen. Ich bringe es nun nicht fertig, so ganz nüchtern und prosaisch zu sein, Essen und Trinken verschmähe ich gewiss nicht, aber es kann mir nie die Hauptsache werden. Ich muss immer etwas haben, was ich lieb haben kann und ich selbst muss auch viel Liebe haben. Nun, wenn Du recht nachdenkst, musst Du meinen Gemütszustand verstehen können. Ich lerne Dich kennen, Du bist immer gut zu mir, und schon hänge ich mein ganzes Herz an Dich. Nun bist Du 3 ½ Jahre fort, ich ängstige mich so furchtbar um Dich, freue mich all die Jahre auf Deine Heimkehr und jetzt, wo Du da bist, muss ich langsam aber schmerzlicher die Erfahrung machen, daß Du sehr zu Deinem Nachteil verändert bist und daß von all Deiner früheren Liebe für mich nicht viel übrig geblieben ist. Ja, mein lieber Ludwig, letzteres wirst Du wohl abstreiten, aber es ist doch so, man empfindet es an tausend Worten und Handlungen. Es kann ja auch sein, daß die Liebe doch noch da ist, dann hast Du sie aber ganz unter Deine unnützen Sorgen und Grübelei versteckt und wirst Mühe haben, sie wieder hervorzuholen. Du hast mir, seit Du aus dem Felde zurück bist, oft bitter weh getan; es ist kein Wunder, wenn ich dann nachher Glaube und Vertrauen verliere. Ganz langsam nur und stückweise aber mit desto größerem Leid und Kummer bin ich zur Erkenntnis gelangt, daß es zwischen uns nicht mehr ist wie früher. Glaube mir sicher, daß dies meinem Herzen mehr geschadet hat, wie es 100 Fliegerangriffe hätten tun können, eben weil ich Dich noch genau so lieb habe wie früher auch. Es ist bitter, wenn man einsehen muss, daß das Liebste, was man hat, immer ferner und ferner rückt. Denke doch einmal nach, Ludwig, und dann sage selbst, was ich an Dir hatte. Wollte ich lachen oder scherzen, dann warst Du ja müde und grübeltest lieber anstatt Dir einen Ruck zu geben und die Gedanken zu verjagen. Wollte ich recht nett und lieb sein zu Dir, dann hast Du mich sehr oft achtlos fortgeschoben und lieber die Annoncen in der Zeitung studiert. Manchmal hast Du mir wochenlang nicht einmal einen Kuss gegeben, höchstens abends beim Weggehen pflicht- und gewohnheitsgemäß. Klagte ich über meine Gesundheit oder über meine Angehörigen, dann sagtest Du: „Stell Dich nicht so an" oder Du machtest mir Vorwürfe. Das war dann der ganze Trost, den ich nach Hause trug. Zu wem soll ich denn gehen mit meinem Leid und auch mit meiner Freude, wenn nicht zu Dir, der Du mir doch trotz allem am nächsten stehst? Sage selbst, konntest Du in letzter Zeit auch nur auf Deinen kleinsten Wunsch verzichten um meinetwillen? Ja, mein lieber Ludwig, es ist da vieles faul und obige Vorwürfe kann ich Dir nicht ersparen. Mir kannst Du nur den einen machen, daß ich kein Geduldsengel bin. Ich habe immer den besten Willen gehabt Dich aufzuheitern, manchmal habe ich um ein gutes Wort von Dir bald gebettelt. Wenn ich dann sah, wie Du Dich hängen liessest und wie Du gar keinem Zureden zugänglich warst, dann wurde ich verstockt und bitter. Das ist aber die ganz natürliche Folge, weil Menschen eben keine Engel sind. Sage doch selbst, habe ich nicht dieselben Sorgen, weil alles so teuer ist? Meinst Du, ich möchte nicht lieber unser kleines Häuschen besorgen wie mich an der Bank abrackern? Ich bin nur vernünftiger wie Du und will nicht immer gerade das Unerreichbare wie Du. Lässt nun, weil wir noch nicht heiraten können, immer den Kopf hängen. Wir können noch so lange verheiratet sein, auf ein ½ Jahr kommt es doch gewiss nicht an. Hast Du denn nur das Recht, oder kannst Du die Verantwortung tragen um dieser einen fehlgeschlagenen Hoffnung willen Deine und meine Zukunft zu verwerfen? Ist das denn die wahre Liebe, die immer nur an sich denkt und nicht daran, ob der andere vielleicht auch leidet. Sei doch nur endlich einmal wie andere junge Leute. Du hast doch auch kein Herz von Eis. Wenn Du nur ein bisschen fröhlicher wärst und nicht für die geringste Kleinigkeit den Kopf hängen ließest, dann kämen wir schon aus. Nimm Dich zusammen, wenn Du nicht die nötige Energie aufbringen kannst, dann musst Du Dich vor mir schämen, denn ich habe mehr mitgemacht wie Du. Lass Dich mal bei Deiner

Ehre fassen! Denk an Deinen Vater und gehe beizeiten gegen die unglückliche Eigenschaft vor, damit Du nicht Dich und mich unglücklich machst. Wenn Du nur denken solltest, ich nähme die Sache zu tragisch, dann möchte ich Dir vorhalten, daß ich, wenn ich Dich heirate, alles aufgebe und nur in der Hoffnung Deine Liebe dafür zu bekommen. Weil ich aber nun fürchte, letztere zu verlieren, deshalb muss ich die Sache schon ernst nehmen. Ich kann Dir nur immer wieder sagen, freu Dich doch. Freu Dich, daß Du jung und gesund bist, freu Dich, daß Du eine Stellung hast und freu Dich, daß Du mich hast und weisst, wofür Du arbeitest. Kann dieses alles nicht die kleinen Widerwärtigkeiten des Tages aufheben?

So, mein lieber Ludwig, ich habe Dir dieses alles geschrieben in dem ernstlichen Bestreben, die Sache ins Reine zu bringen. Ich hoffe, daß Du mich verstehst und aus allem ersiehst, wie viel Du mir noch immer bist. Gott gebe, daß Du endlich ein Einsehen bekommst, sonst werden wir beide unglücklich. Nimm zum Schluß immer die herzlichsten Grüße und Küsse von

Deiner Dich liebenden

Therese

PS. Du kannst versichert sein, daß ich gerne, alles was war vergessen werde, wenn es nur mit uns wieder wird wie es früher war.

Die beiden hatten sich wieder, hatten sich arrangiert, das war aber auch alles, was sie hatten. Mit der Hochzeit hatte meine Mutter ihre Arbeit aufgegeben, einer verheirateten Frau war es nicht erlaubt Geld zu verdienen. Er hatte Gott sei Dank Arbeit in Leverkusen und auch eine Wohnung. Dort verbrachten sie das erste Ehejahr, welches geprägt war von der Inflation. Das hieß nicht sofort nach der Arbeit nach Hause kommen, sondern zuerst mit dem täglich ausgezahlten Lohn einkaufen. Tat man das nicht, war das Geld nur Stunden später vielleicht schon nur noch die Hälfte wert – oder gar nichts. Und nicht kaufen, was man brauchte, sondern was man gerade kriegen konnte, war die Devise, und das war mal Bettwäsche, mal Lebensmittel. Für die Informationen sorgte sein Röschen. Kostete ein Brot 1918 noch 28 Pfennige, waren es im Dezember 1920 schon 240 Pfennige, Kartoffeln gab es zu früher für 9 Pfennige das Kilo, am Jahresende 1920 waren es 110. Fleisch wurde zum Luxus und fast unbezahlbar bei einem Stundenlohn von ca. 45 Mark bei Kriegsende und 387 Mark zum Jahresende1921. Röschen hatte das alles im Griff dank doppelter Buchführung. Er verdiente, sie bestimmte, wie das Geld ausgegeben wurde.

Das neue Jahr brachte wieder eine Veränderung. Sie zogen nach Benrath bei Düsseldorf in eine wunderschöne Wohnung an der Benrodestraße. Dort kam 1923 ein kleiner Ludwig zur Welt. Die Eltern hatten es geschafft, ein gutes Einkommen und keine Arbeiterwohnung mehr. Getrübt wurde ihr Glück nur durch den Umstand, dass sie keine weiteren Kinder mehr bekommen durfte. Das bedeutete für sie als fromme Katholikin totale Enthaltsamkeit in ihrer Ehe, ein Kuss auf die Wange beim morgendlichen Abschied – mehr war in dieser Ehe nicht mehr erlaubt. Und daran hatte sie sich ja schon lange vorher gewöhnt.

Fortan lebte sie nur noch für dieses Kind, sie vergötterte es und übersah dabei, wie sich ihr Mann immer mehr seinem Beruf zuwandte, ihn zu seinem Mittelpunkt machte, und dort hatte sie keinen Platz. Inzwischen waren auch andere Betriebe auf den strebsamen jungen Mann aufmerksam geworden, und so wechselte er zu einer angesehenen Firma im Zentrum Düsseldorfs – zu Schloemann. Das war schon damals eine der angesehensten Konstruktionsfirmen mit Sitz an der Königsallee und Verträgen mit der GHH Gute Hoffnungshütte, MAN -Maschinenfabrik Augsburg Nürnberg. Allerdings mussten sie die Wohnung in Benrath aufgeben und an die Gerhardstraße ziehen, dort stellte ihnen die Firma eine geräumige Wohnung zur Verfügung. Es war ein illustrer Kreis, der sich dort zusammenfand, aufstrebende junge Herren mit ihren Familien, welche sich auch gern in ihrer Freizeit trafen und gemeinsame Ausflüge an den Rhein oder den Grafenberger Wald machten. Das Leben dort gefiel ihr, sie hatte nette Nachbarn und verschmerzte die Abwesenheit ihres Mannes leichter. Er wurde in der Firma immer mehr zum Vertrauten seines Chefs Loewy, auch er hatte den Vornamen Ludwig, ein Grund weshalb die zwei „die doppelten Ludwig" hießen.

Schon bald war ihr Ludwig in der Lage ein Haus in Gerresheim zu erwerben, einem östlich gelegenen Stadtteil. Ein großer Garten war dabei, das wurde ihr Reich, und sie hätten wohl glücklich werden können, doch die Zeit war dagegen. Er sah die drohenden Wolken am Himmel, blickte zweifelnd in die politische Zukunft.

Gewiss, es war keine leichte Zeit, diese neue Republik nach dem Kaiserreich und dem verlorenen Krieg, und ja, sie hatten es vergleichsweise gut, mussten nicht hungern, hatten ein Dach über dem Kopf, das war das Wichtigste für sie. Politik ging sie nichts an, davon verstehe ich nichts, war ihre Meinung. Krämerseele nannte er das verächtlich. Irgendwie teilten sie sich die Erziehung: sie brachte ihren Jungen zur Religion und ihren Wahrheiten, er vermittelte logisches Denken und seine politischen An- und Weitsichten. Am gleichen Strang zogen sie nicht.

Der Sohn

Was schreibe ich über einen Bruder, den ich nie kennenlernte und so nur über die Erzählungen meiner Mutter mir ein Bild machen kann? Was davon ist gelebte Realität gewesen und was erträumte Wünsche und Vorstellungen? Was ist dem Vergessen anheimgefallen oder passte nicht ins Bild und wurde geschönt?

Dieser Ludwig muss ein Wunderkind gewesen sein. Logisch denken konnte er schon als Kleinkind. Beweis gefällig? Es gibt doch dieses Weihnachtslied mit der Zeile…kehrt mit seinem Segen ein in jedes Haus… So weit so gut. Der 4jährige änderte beim Singen den Text um: kehrt mit seinem Besen rein ja jedes Haus, mit der Begründung, dass man mit einem Segen nicht kehren könne! Ein begabtes Kind und so klug. Hatte in allen Fächern – sogar in Latein und Griechisch - eine Eins oder gar ein ausgezeichnet. Musikalisch durch und durch. Spielte wundervoll Geige, war im Knabenchor, malte die herrlichsten Bilder, liebte die Natur – nur sportlich war er eine Niete. Und von Hitler hielt er gar nichts, genau wie sein Vater, sehr zum Leidwesen der Mutter, die lieber mit den Wölfen heulte, wie er es nannte. Er nicht, er ging auch nach 1933 weiterhin zur Kirche, auch wenn die anderen Jungs der HJ sich zur gleichen Zeit vor dem Eingang bedrohlich zusammenrotteten und ihm zuriefen, na, gehst du wieder orientalischen Weihrauch schlucken? Und er stand genauso trotzig vor seinem Direktor des renommierten Hohenzollern-Gymnasiums an der Königsallee und weigerte sich in die HJ einzutreten, obwohl alle anderen Schüler längst drin waren und ihm mit dem Rausschmiss aus der Schule gedroht wurde. Zuhause sagte er kein Wort davon. Seine Mutter erfuhr es erst durch eine Vorladung in die Schule, weil der Leiter seinen besten Schüler nicht verlieren wollte – und meldete ihn anschließend einfach selbst in der HJ im Vereinsheim an der Pfeifferstraße an.

Dort kannten sie seine Einstellung, und als er das erste Mal da erschien, boten sie ihm die Verwaltung der Kasse an. Er jedoch schmiss sie ihnen vor die Füße mit der Bemerkung, er sei kein Judas und ließe sich nicht kaufen. Von da an behielt ihn die Gestapo im Auge und seinen Vater gleich mit.

Mit ihrem Widerstand waren sie nicht allein in Gerresheim. Ludwig hatte im Chor den etwa 10 Jahre älteren Aloys kennen gelernt, der ebenso stur an seinen Meinungen festhielt wie er. Und wenn alle Stricke reißen sollten, war da noch der gute Dr. Hagedorn, der Hausarzt der Familie. Jeder wusste, dass er ein Kommunist war, er wurde aber geduldet, auf den Doktor wollte niemand verzichten.

Verzichten musste der Junge aber plötzlich auf seinen besten Freund Helmut, der von einem auf den anderen Tag von der Schule und aus seinem Leben verschwand, weil er Jude war. Ludwig konnte das nicht verstehen, und wollte es auch nicht. Helmut lebte allein mit seiner Mutter, einer Kriegerwitwe, sie waren nicht reich oder gar vermögend und der Vater sogar für das Vaterland gestorben, er selbst katholisch, warum also durfte er nicht mehr aufs Gymnasium gehen? Immer mehr Juden verließen Deutschland, auch der Chef seines Vaters ging nach England und bot der Familie an mitzukommen, Mutter jedoch weigerte sich strikt und triumphierte hinterher sogar, weil Vater in die Leitung der Firma danach berufen wurde. Damit war er noch mehr auf Reisen als vorher.

Das Leben wurde immer schwieriger, die beiden Ludwigs immer schweigsamer und verschlossener. Die Kirchen leerten sich, dafür hingen die Fahnen des „1000jährigen Reiches" umso länger von den Fenstern der Häuser, die gesamte Straße schien oft rot angemalt zu sein.

Als Schüler des Hohenzollern-Gymnasiums musste er einen Art Lebenslauf anfertigen, der so aussah:

Düsseldorf-Gerresheim, den 25.November 1940
  Ludwig Ketschau, 8g$_2$
Stichwort zum Lebenslauf
Der Vater

Mein Vater wurde zu Kreuznach geboren, meiner Lieb-lingsstadt.Er wurde Techniker und Fachmann für Hydrau-lik. Heute ist er Oberingenieur, der ab und zu Auslands-reisen unternimmt und gut Englisch, Französisch und Russisch spricht.

Die Mutter

Meine Mutter wurde zuvor, wie ihre Eltern, zu Eupen geboren, kam aber bereits mit 5 Jahren nach Köln. Dort wohnen ihre Eltern

und Geschwister. Ich besuche sie öfters, und Köln hin-terließ einen starken Eindruck.

Ich

Das einzige Kind, wurde ich just am Tage des Ruhrein-bruches zu Düsseldorf-Benrath geboren. Katholisch, katho-lischer Kindergarten.

1928 zogen wir in die Nähe des Schlageterdenkmals.

1929 Volksschule. Schon in den ersten Schuljahren zeigte sich meine Anlage für die Sprachlehre –

Eindrücke der Großstadt. Als ich7/8 Jahre alt war, wa-ren die Tummelplätze der kleinen Großstädter vornehmlich Neubauten, Kornfelder und Schuttabladeplätze.

Stundenlang ging ich allein durch die Straßen.

Aber ich ging auch jeden Sonntag Nachmittag mit mei-nen Eltern spazieren. (bis zur Obertertiazeit) Große Kauf-häuser.

Politischer Kampf bis nach der Machtübernahme (Pla-kate, Umzüge, Eltern gingen zur Wahl). Der Karneval griff mir jedes Jahr ans Herz.(Heute Ablehnung vieler Lied-

und Genossentexte als unchristlich oft bereits vom lediglich ethischen Standpunkt aus abzulehnend) –

Der Rat meines Lehrers nach den Volksschuljahren eine höhere Schule zu besuchen, wurde nicht befolgt, weil der Schularzt wegen meiner Nervosität abriet. –

1932 Übersiedlung in das baulich häßliche doch so herrlich gelegene Gerresheim. Eigenheim mit Garten, eigenes Zimmer. Froh bin ich über das dort verbrachte vierte Volksschuljahr.

Mein trefflicher Lehrer brachte mir besonders Aufsatz und Naturkunde bei. Ihm verdanke ich auch den Besuch einer Lateinschule: Erst wollte ich kein Latein lernen, dann wurde es mein eigentliches Schulfach. –

1933 Hohenzollerngymnasium –

1932 Eintritt in den Gerresheimer Kirchenchor.

Es war für mich eine große Freude schon als Sextaner in unseren Schulchor eintreten zu können, wo wir zuerst Wagner sangen.

Frühjahr 1934 bis Sommer 1935: Geigenunterricht, dann meldete mich meine Mutter ab, weil ich zu wenig geübt hatte.

Mit dem Jahre 1932 begann die Musik eine große Rolle zu spielen. Mein erstes großes musikalisches Erlebnis war Johann Strauß (am Fledermaustext nehme ich nicht den heutigen Anstoß überhaupt war ich von Quinta bis Obertertia ziemlich altklug) mein zweites Wagner, mein drittes Händel, mein viertes Rossini, mein fünftes Strawinski, mein sechstes Bach. –

Die großen Ferien habe bis heute verbracht mit den El-
tern in der Sommerfrische bei Verwandten,

36 (zwei Wochen) beim Jungvolklager, das mir kaum
Freude machte (darf ich das schreiben?- Antwort des Leh-
rers: nein)

38 im Schülerheim Hitzenlinde, von wo aus wir das All-
gäu (mit seinen gewellten Faunen, seinem satten Grün, sei-
nen herrlichen Barockkirchen) den Rand der Alpen und den
Bodensee kennen lernten. (Schloss Meersburg!)

39 in der Erntehilfe in der Altmark. „Fahrten" sind mir
nur vom Hörensagen bekannt. – 24.4.1936 erster Jungvolk-
dienst,

1937 Überweisung in die H-.(Ortsgefolgschaft)

Als Unter- und Obertertianer lernte ich viel Geschichte.
Von den Baustilen wurde mir das Barock lieb. Meine Un-
kenntnis in technischen Dingen ist erstaunlich und für ei-
nen deutschen Jungen beschämend. Ich hätte mich als Ter-
tianer nicht so viel mit dem unbräuchlichem Studium
griechischer Etymologie beschäftigen dürfen, aber es ent-
sprach meiner Neigung. (vielleicht zu viel gesagt!)

Als Obertertianer gewann ich das Stundenschwimmab-
zeichen. Aber im Allgemeinen stehe ich sportlich schlecht.
Ich bin feig, aber nicht nur im Sport. –

Über Bucher: Früher packte mich sehr Onkel Toms
Hütte und F.W. Webers „Dreizehnlinden", Bücher, die ich
auch heute noch schätze. Ich lese immer wieder in meinen
Kinderbüchern. Ich lese gerne Gedichte, und zwar lieber

solche von christlichen Dichtern. Der Katholik Weber ist seit Jahren mein Lieblingsdichter,

neben ihn treten Geibel und Anette v. Droste-Hülshoff Von klassischen Werken wurden am bedeutendsten „ Iphigenie" und „die Räuber", folgen Ausführungen über die Räuber, die eben nicht in erster Linie das Verhältnis des Einzelnen zur Gemeinschaft behandeln. Schöne Sprache zieht mich an und verlockt zum Auswendiglernen, auch wenn ich dem Inhalt kritisch oder ablehnend gegenüber stehe.

Als katholischer Christ aber habe ich viel abzulehnen und richtig zu stellen. Wir haben tatsächlich das beste Wissen. Daß wir es in der Schule, wo es doch um die Wahrheit geht nicht verändern, daß wir, die wir durch das Licht der Wahrheit erleuchtet sind, uns so stellen, als tappten wir im Dunkeln, bedrückt mich. Selbst zu feige, recht zu werden, mich jedoch immer

an gewissen Philologien nicht beteiligend wollend, sitze ich oft da im Unterricht und spiele mit Papier. –

Volkszählung, Erntehilfe ,

Kohleöfen, die einen engeren Anschluss an die Klasse brauchten. Beruf? Nach dem Abitur vielleicht Eintritt in chemisches Laboratorium

PS: Warum habe ich entgegen den Wünschen des Lehrers Latein als Wahlfach genommen und nicht Griechisch?

Anmerkung des Lehrers: Sieh bitte zu diesen Lebenslauf besser zu schreiben

Das Abitur schaffte er 1941 mit Auszeichnung. Dann kam der große Schock: Wegen Verweigerung des Dienstes wurde er in ein Arbeitslager in der Nähe von Osnabrück gesteckt. Es muss im Emsland gewesen sein. Mutter ist wohl einmal hingefahren; es war eine lange umständliche Reise, von Osnabrück musste sie fast einen ganzen Tag zu Fuß laufen, um dann doch vor einem verschlossenen Tor zu stehen und nicht hineingelassen zu werden. Sie sah ihren Jungen nur kurz am Zaun mit verbunden Händen. „Sie haben ihm die Finger gebrochen," weinte sie. „Er wird nie mehr Geige spielen können". Und dann steckten sie ihn noch 43 in eine Uniform und er musste nach Frankreich an den Atlantikwall. Sein Geburtsjahr wurde ihm zum Verhängnis.

Um diesem Jungen näher zu kommen, sehe ich keinen anderen Weg als die wenigen schriftlichen Briefe und Notizen anzuführen, die ich an ihn und von ihm gefunden habe.

Gerresheim, den 30.Mai 1943

Mein liebes Kind!

Gestern und vorgestern kamen 4 Päckchen von Dir an, noch aus Deiner alten Stellung, mit Br. Seifenpulver, Zucker und Zahnpasta. Ebenfalls kam am Freitag Dein lb. Brief mit den drei Karten und Deiner neuen Adresse an. Ich habe mich über alles so sehr gefreut, nimm recht herzlichen Dank für alles.

Das Seifenpulver kam mir gerade wie gerufen, weil ich so viel Bettwäsche zu waschen habe. Hast Du Dir den Zucker vom Munde abgespart? Das mußt Du nicht tun. Die Großeltern haben sich über den Tee wirklich sehr gefreut und danken Dir recht herzlich dafür. Sie wünschen Dir Gottes Segen, und Du sollst das Gebet nicht vergessen.

Nachdem ich nun Deine Karten aus B. im Zusammenhang gelesen habe, tut es mir doppelt leid daß Du dort fort musstest. Welch schönen Kreis von Gleichgesinnten hättest Du da gefunden und auch wohl etwas Nahrung für Deinen Musikhunger. Vielleicht aber ist das Glück Dir hold, und Du triffst es noch mal so gut. Es ist eben Soldatenlos, immer wieder wandern und Liebgewonnenes lassen zu müssen. Wie ich aus Deiner Karte sehe, warst Du ja vielleicht auch noch nicht endgültig an Ort und Stelle. Nun bin ich natürlich sehr gespannt auf Deine nächste Mitteilung. Hoffentlich begnügst Du Dich wieder mit einer kurzen Nachricht, damit ich nicht lange darauf zu warten brauche. In der Annahme, daß die angegebene Adresse diejenige Deiner neuen Kompanie ist, schicke ich morgen 2 Päckchen an Dich ab. In dem einen ist die Bürste und der Rasierpinsel. Die Brille werde ich Dir dann im nächsten3. Päckchen mitschicken, vielleicht in der nächsten Woche – Du hast doch hoffentlich nicht Deine gute Privatwäsche abgegeben? Schreibe mir doch mal deswegen. Es würde mir sehr leid tun, denn man kann nichts mehr ersetzen.

Von Vater erhielt ich endlich am Freitag die erste Nachricht aus Dnjepropetrowsk und heute dann wieder 2 Briefe.

Alle 3 Briefe waren vom O.K.W. geöffnet. Vater gefällt es gar nicht, und er zählt die Tage, bis er wieder abfahren kann. Es ist dort alles sehr primitiv und verwahrlost. Vater hat nur ein Eisenbett und einen Strohsack. Auf seine Beschwerde hat er dann wenigstens einen Kopfkeil bekommen, sonst hat er mit der Aktentasche unterm Kopf geschlafen. Zum Glück hatte ich ihm ein kleines Sofakissen und 2 Decken mitgegeben, wollte ihm auch noch ein Bettuch geben, vergaß dies aber leider. Vater ist ja nicht mehr jung, und die Strapazen und Entbehrungen einer solchen Reise sind doch wohl für ihn reichlich groß. Hoffentlich ist er bis Ende der Woche wieder hier. Ich wünsche es sehnlich. Du glaubst nicht, wie schwer es mir fällt, Euch beide entbehren zu müssen. Ich habe ja gar keinen Verkehr und habe nur für Euch gelebt, deshalb bin ich vollkommen vereinsamt, wenn Ihr beide fort seid. — Wir haben zwei schlimme Nächte im Keller verbracht. Düsseldorf hat auch wieder etwas abbekommen. Vorige Nacht konnte man sehen, wie der Phosphor über Wuppertal ausgeschüttet wurde, nachher sah man dann den Feuerschein und die Rauchwolken — Nun, mein lieber Junge, bleibe gesund und Gott schütze Dich. Nimm die herzlichsten Grüße und Küsse Von Deiner

Mutter , Auch von Oma

Vater ist auch in Sorge um Dich, weil er ja gar nichts von Dir weiß.

Kurz darauf ging ein zweiter Brief an den Sohn, nun jedoch vom Vater mit einem Bericht aus der Ukraine:

Düsseldorf, den 13.6.1943

Mein lieber Ludwig!

Heute will ich Dir nun endlich den versprochenen Brief schreiben und einiges über meine Rußlandreise berichten. Die Hinfahrt erfolgte über Berlin, Warschau, Brest, Litowsk, Kowek nach Dnjepropetrowsk. Von dort führ ich mit 2 Kollegen nach dem 35 km entfernt liegenden Industrieort Kamenskoje. Die Fahrt durch die Ukraine gab mir einen Einblick in die unendliche Weite der dortigen Landschaft mit den riesigen Feldern, die fast alle bebaut sind. Die Dörfer und Städte machen einen sauberen Eindruck mit den kleinen weißgetünchten und mit Stroh gedeckten Bauernhäuser im Gegensatz zu den viel ärmlicher aussehenden Dörfern im nördlichen Rußland, die ich auf meinen Reisen nach Moskau längs der Bahnlinie gesehen habe. In den Industriewerken, die ich besucht habe, haben die Russen in geschickter Weise alle neueren Maschinen fortgeschafft,, die Kraftzustände gestört und von den nicht verschleppten Maschinen und Anlagen zum mindesten die wichtigsten Teile verscheppert, so daß eine Wiederinbetriebnahme nicht so leicht möglich war und noch ist. Auch die hiesigen Facharbeiter haben die Russen mitgenommen. Die Deutschen haben nun bisher dort schon manche Anlage wieder in Gang gesetzt, von allem aber viele wichtige für unsere heimische Industrie, vor allem Eisenschrott abtransportiert. Jetzt soll mit Nachdruck an dem Wiederaufbau der dortigen Industrie herangegangen werden. Diesen Zweck hatte auch die Entsendung von 6 Herren von Schloemann, von denen 4 Ingenieure auf 3 bis 6 Monate dort geblieben sind, während Herr K. und ich uns einen Einblick in die Verhältnisseder Industrie in Dnjepropetrowsk verschaffen mußten, um dann von hier aus die deutschen Behörden in Berlin und die 4 Herren beraten und unterstützen zu können. Da die allermeisten Arbeiter ein kümmerliches Leben fristen und man viele jüngere Leute nach Deutschland gebracht hat, so bieten sich den Deutschen natürlich so manche Schwierigkeiten. Meine dort gebliebenen Kollegen werden viel zu tun haben, andrerseits ist aber ihre Tätigkeit interessant durch die große Selbstständigkeit, auch ist die Verpflegung gut und reichlich bei guter Unterbringung in sauberen Quartieren. In der Stadt Dnjepropetrowsk, die vor dem Kriege ca 500000 Einwohner hatte, gibt es neben vielen einfachen Häusern aus früherer Zeit eine große Anzahl schöner Bauten, besonders im neuen Universitätsviertel und in den Außenbezirken.. Interessant war das Leben auf den Dajaren, eine Art

Wochenmarkt, der 3 mal in der Woche abgehalten wird. Die Bauern aus der Umgegend bringen dorthin ihre Erzeugnisse wie Sonnenblumenöl, Eier, Butter, Speck, Milch, Mehl, Hülsenfrüchte, Tabak, kurz, alles was die Städter brauchen. Die Preise sind sehr hoch, am liebsten tauschen die Bauern ihre Waren gegen Kleider, Sacharin usw. ein. Neben den Bauern sieht man dort viele Leute, die nur tauschen und handeln. Man kann alles kaufen, was der Mensch so braucht. Weiter sieht man Straßensänger, bettelnde und ungesunde Kinder, alte Leute, die beten und betteln. Auch gibt es Stände mit Schuhen und Einkaufstaschen aus Blättern der Sonnenblumenstauden und aus Schilf. Diese Erzeugnisse zeigen eine große Kunstfertigkeit der Hersteller. Kirchen sind wie in Moskau nur noch ganz wenige erhalten und in Gebrauch. Ich besuchte an einem Samstagabend in Dnjepropetrowsk eine Abendandacht in einer gut erhaltenen Kathedrale, wo mir der sehr schöne und reine Gesang des alten Priesters sowie der Frauen gut gefiel, genau wie sich dies in Moskau und auch im Weltkriege empfunden habe. Der ukrainische Volksstamm unterscheidet sich von den Russen im Aussehen und im Charakter wesentlich. Die Hauptarbeit wird von den Frauen geleistet, die durchweg kräftig sind und unter denen man viele hübsche Gesichter sieht. Man wundert sich immer wieder darüber , wie sehr die Leute vom Kind bis zum Greise und zur alten Frau abgehärtet sind gegen die Witterungseinflüsse und mit welch stoischer Gleichmütigkeit sie alle Schicksalsschläge und ihr jetziges trauriges Leben ertragen Da kann man verstehen, weshalb der russische Soldat sich in diesem Kriege so gut bewährt und weshalb die heutige russische Regierung das Volk zu den größten Entbehrungen und Kraftanstrengungen hat erziehen können.-

Die Rückreise ging über Lemberg, Krakau und Berlin, sie bot uns wieder viele interessante Bilder. Die Verpflegung unterwegs erfolgte durch das rote Kreuz; es gab Suppe und Kaffee, dazu erhielten wir besondere Marschverpflegung, bestehend aus Brot, Butter, Wurst, Käse und Eiern, alles in reichlichem Maße. Mutter freute sich natürlich riesig über meine Rückkehr, ich konnte dieselbe von Berlin aus telegraphisch ankündigen und wurde von Mutter zu meiner größten Freude morgens 8 Uhr am Hauptbahnhof abgeholt.

Nun, mein lieber Ludwig, bitte ich Dich ebenso darum dringend, wie Mutter es getan hat, uns regelmäßig zu schreiben. .Bei diesen Elendsbildern von Düsseldorf sind wir alle sehr gedrückt und Deine Nachricht die einzige Abwechslung und wenn sie gut ist, der einzige Lichtblick in unserem jetzigen Leben.

Nimm die herzlichsten Grüße und Küsse von Deinem Dich liebenden
  Vater

Gerresheim, den 13.Juni 1943

Mein lieber Junge

Das ist ein Pfingstfest in Düsseldorf, das wir nicht vergessen werden, selbst wenn wir 100 Jahre alt würden. Du kannst Gott von Herzen danken, daß Du Dein Heim und Deine Eltern noch hast. Wir haben entsetzliche Stunden im Keller verlebt, hörten das Surren der Propeller an den Luftminen und die Schlag auf Schlag folgenden Explosionen. Wir haben uns nur immer geduckt und gedacht: „Nun ist unser Haus an der Reihe." Aber wie durch ein Wunder wurden wir verschont, wir haben auch keinen Schaden am Haus. In der Benderstr. sind sämtliche Scheiben entzwei und die Dächer beschädigt. In der Akazienallee ging eine Luftmine herunter und zerstörte Häuser. Dort gab es auch Tote. Auch Brandbomben fielen reichlich. Die Gegend v. Gahlenstr. Sonnborn-, Truchseßstr sieht schrecklich aus. Ein für unsere Straße bestimmter Phosphor-Kanister fiel in den Löschteich am Anfang der Straße. Gleich zu Beginn des Angriffs versagte das Licht. Gas haben wir nur ganz wenig und Wasser heute überhaupt nicht. Gestern regnete es buchstäblich Dreck, Ruß und verbranntes Papier vom Himmel und legte sich wie eine dicke Schicht auf alles. Da

Schloemanns sämtliche 5 Bürohäuser vollständig ausge-
brannt sind und Vater sich doch vom Stand der Dinge dort
selbst überzeugen mußte, machten wir uns heute zu Fuß
auf den Weg in die „Stadt". Mein lieber Junge, es war ein
Leidensweg. Man kann einfach die Verwüstungen nicht be-
schreiben. Selbst dem besten Romanschriftsteller würden
die Worte fehlen. Du brauchst Dich über die Verwirrungen
des Jugendstils nicht mehr zu ärgern. Düsseldorf ist mit
Ausnahme einiger Außenbezirke vernichtet, „ausradiert".
Wir haben auf unserem weiten Weg vom Lichtplatz an
kaum ein heiles Haus gesehen. Genau so ist es auch in De-
rendorf, Bilk und Oberbilk. Auf dem Wege trafen wir meine
Schneiderin, die gestern heiraten wollte. Sie konnte es aber
nicht, weil sowohl Standesamt wie auch Kirche zerstört
sind. So gerne möchte ich Dir schildern, wie es in Deiner
Heimat aussieht, aber ich kann es nicht. Ich kann Dir nur
sagen: Ruinen und Trümmerhaufen die ganze schöne
Stadt. Wir können es nicht begreifen, daß wir noch ein
Dach über dem Kopf haben – Nun muß ich mich noch be-
danken für Deinen lb. Brief v.6.ds. Es hat mir recht weh
getan, daß Du mich trotz meiner Bitte und trotzdem Du
weißt, wie sehr ich unter Vaters Abwesenheit leide, so lange
hast auf Nachricht warten lassen. Froh bin ich aber, daß Du
mal auf einige Fragen geantwortet hast. Strenge Dich nur
mal auf Deinem Posten tüchtig an und zeige, daß Du etwas
kannst, vielleicht brauchst Du dann gar nicht in den Bunker. –

Vorgestern sandten wir ein Päckchen an Dich ab, dem wir Deine neue Brille beifügten. Teile uns bitte <u>gleich</u> mit, ob das Päckchen angekommen ist. Am Bahnhof ist die Post verbrannt, und es ist möglich, daß Du das Päckchen nie erhalten wirst. Es würde mir leid tun wegen der schönen Brille, die wohl nicht mehr ersetzt werden kann. – Mit den verlorenen Socken, das ist eine bittere Sache. Vielleicht können wir Dir welche schicken. Aber wann wirst Du Dich denn mal bessern? Du wirst Dich noch in die größten Ungelegenheiten bringen.

Bleibe gesund mein Junge und sei herzlich gegrüßt und geküsst

Von Deiner

Mutter

<u>Aufzeichnungen von Ludwig</u>
August 1943
Auf die Mitteilung meiner Mutter in einem Brief aus der zweiten Junihälfte, daß mein Freund Adolf ein Päckchen mit einem lieben Brief und die beiden ihm von mir geliehenen Büchern geschickt habe, antwortete ich in einem Brief von Juni bis August
Die Bücher wollte mein Freund mir ja erst zurückgeben. Daß er es dann aber vergessen hat, freut mich, denn so hat er noch länger unmittelbar sich ergötzen

können an den Gedichten und Dramen seines besonders geschätzten großen Landmanns. Und diese Freude hast Du ihm bereitet, liebe Mutter, dadurch, daß Du mir erlaubt hast, den Uhland mitzunehmen.

Wie froh hat mein Schwabe gleich am ersten Abend angefangen in dem Buche zu lesen! Denn gleich am ersten Abend nach meinem Urlaub wollte ich Adolf doch besuchen. Vor der Baracke, in der er wohnt, sagte mir der Wachposten: „Na, geh mal rein!" – „Ja, wer ist denn drin?" – „Die Du suchst." Wahrhaftig, der Oskar wußte Bescheid! Denn da saßen drei meiner liebsten Kameraden beieinander, Adolf, August und Kurt.

August, ein aschblonder Münsterländer, ein freundliches Lächeln sah ich stets in seinen hellen blauen Augen und seinem rosigen Gesicht, wenn er mit mir sprach. Und das tat er schon in Gütersloh bisweilen., denn besonderes Interesse nahm an mir mein erster Funklehrer. Milde und freundlich, feinfühlig und nie jenes zotige Wort gebrauchend mit dem wir uns dem Rhythmus eines Buchstabens merkten obwohl es allgemein im Schwange, oft ihm zugerufen wurde, als wir in unserer Funkklasse den betreffenden Buchstaben übten, war er mir von den sechs Funkern, die ein halbes Jahr vor uns eingezogen worden waren, nach einer nur vierteljährigen Rekrutenzeit dann schon als „Rekrutengefreiter" hatten ausbilden müssen und nun in uns bereits den zweiten Schub mit ausbildeten, der angenehmste. – Aber nicht, daß man ihn veräppelt hätte wie jenen anderen, der wohl aus Unzufriedenheit mit seinem Ausbilderlose, des öfteren schnaupte. Dazu war er zu beliebt. Und er war trotz seiner Freundlichkeit doch selbstbewußt, er verlangte die Anrede „Herr Funker" und sah einmal beim Appell zum Unwillen mancher noch Röcke und Hosen nach, als die meisten anderen Hilfsausbilder schon aufgehört hatten, aus Gewissenhaftigkeit. In der Chompagnie war er ganz einer von uns. Die Gewissenhaftigkeit aber ist geblieben, und schon am ersten Tage nach meiner Rückkehr vom Einweisungskommando hörte ich, das Geviert x habe einen guten ersten Bedienungsmann, nämlich ihn. Und gewissenhaft hat er wohl auch in seiner Schulzeit gelernt. Doch seine harten Hände lassen mich darauf schließen, daß er tüchtig auf dem väterlichen Bauernhof zugepackt hat.

Die besten Schüler in Augusts Funkklasse erst (so seine große Hoffnung, später beide zurückgeblieben und so seine große Enttäuschung) sind Kurt und ich aufeinander aufmerksam geworden. Kurt, ebenfalls Münsterländer, ebenfalls Abiturient, ebenfalls Katholik. Als besonders hilfsbereiten Kameraden lernte ich ihn kennen während der Zeit, da wir in S. auf einer Stube lagen. Damals ging ich ja, durch Hans Gehlans Vorbild ermuntert, über einen Monat lang jeden Sonntagmorgen zur Heiligen Messe, und als ich anfing mir am Abend zuvor für die Zeit vor dem Dienstbeginn einen Passierschein zu holen, tat Kurt es auch.. Am 2. Weihnachtstage blieb uns, da unser erstes Kammerkonzert im Soldatenheim erst um 10 Uhr beginnen sollte, noch eine Stunde zu einem Spaziergang. Nun sie gerade ein Jahr vorüber war, gedachte ich jener Nacht im Arbeitslager, da ich, ihre Gespräche belauschend, meine Warthegauer Stubenkameraden näher kennengelernt hatte in ihrem Menschentum und in der Not, die sie erlitten hatten. Das brachte uns auf die westfälischen Spökenkieker. Ein Aufsatz im „Reich" hatte mit erwiesenen Beispielen mich überzeugt, daß tatsächlich in Westfalen besondere Menschen hin und wieder Bilder der Zukunft schauen, und nun bestärkte mich Kurt mit weiteren Erzählungen in diesem Glauben. Nicht vergessen werde ich auch sein Trostwort, als ich mich ärgerte, wie einer mal wieder seine Tanzplatten laufen ließ. Man muß das mal gehört haben, um die gute Musik richtig schätzen zu können, ebenso wie man in der Fremde gewesen sein muß, um die Heimat richtig schätzen zu lernen. Wie sehr war dieser Vergleich doch aus seinem augenblicklichen Erleben gesprochen! Und sein damaliges Heimweh war eine Äußerung seines Zartgefühls. Das schrieb ich mir hinter die Ohren, wie Kurt in zarter Weise aus verletztem Zartgefühl heraus, zweimal mich tadelte, als ich mit einer vorwitzigen Bemerkung es verletzt hatte. „Das hättest

Du mir besser gar nicht gesagt." Nun, wenn ich es einem anderen mitteilte, daß der Bogen Zeitung, den ich ihm zum Einwickeln seines Butterbrotes gegeben hatte, wegen eines anreizenden Artikels, auf dem Klosett aufgegabelt war, so war diese Mitteilung ein ähnlicher Düsseldorfer Ulk wie wenn ein Kegelbruder einem anderen Senf unter den Bierglashenkel schmiert, aber einem so empfindsamen Jungen sagt man das zum mindesten nicht später. Doch daß ich bei jenem Spaziergang ihm bekannt gab, daß uns der Besuch eines Gottesdienstes bei den Franzosen verboten ist, bedeutete nicht nur eine Dicketunerei sondern auch – eine Abwälzung der Verantwortung, die ich bei seiner Unwissenheit für ihn mittrug. Ein zarter Junge also ist Kurt. Ja, er hat noch etwas Kindliches. Adolf, der ihn gleichfalls besonders schätzt, erzählte mir am letzten Abend, er habe sich über die Bemerkung Erichs recht gefreut. Ich wundere mich, wie ich jetzt höre, daß du Abiturient bist. Das habe ich dir in deinem Umgang gar nicht anmerken können. Kurt war also erfreut durch dies Zeugnis über seine schlichte Art.

(Ich für meinen Teil habe gar nicht den Wunsch, man möge es mir nicht anmerken.) Als wir am dritten Weihnachtstage, weil unser Hauptmann es für richtig hielt, nach den zwei Feiertagen nun den ganzen Morgen Dienst zu machen, vorzeitig die Kirche verlassen mussten, warf ich ihm vor: „Warum hast Du gedrängt, daß wir uns in die Stuhlreihen setzen sollten? Wir wären doch besser hinten stehen geblieben. Jetzt können die Franzosen sagen: „Da, beguckt euch die deutschen Soldaten, die haben so wenig Interesse, daß sie jetzt schon gehen." Kurt meinte: „Die werden sich schon denken, daß wir Dienst haben." Ich darauf: „Daran werden die wenigsten denken, die meisten werden Anstoß nehmen an den deutschen Soldaten. Kurt: „Liebet eure Feinde, tut Gutes denen, die euch hassen, betet für die, die euch verfolgen." Ich meine, in der Kirche sind diese Unterschiede doch aufgehoben. Freute ich mich auch über Kurts Frömmigkeit, so fand ich doch seine Meinung kindlich, in der Kirche empfänden die Franzosen den Unterschied alle nicht. – Dieser zarte Kurt aber hat in seinen Ferien Jahr für Jahr an „Fahrten" bis nach München, wenn nicht noch weiter seine Riesenfreude gehabt

(vielleicht kennt Ihr noch die Bedeutung des Wortes „Fahrt" in der Jungensprache eines von unseren Kameraden in den Ferien unternommenen Fahrradreisen mit Unterkunft in Jugendherbergen – so viel hörte ich meine Mitschüler von ihren Fahrten erzählen, aber auch wenn ich ein ansehnliches Fahrrad besessen und selbst wenn ich von Euch die Erlaubnis bekommen hätte, so würde ich doch aus meiner Eigenart heraus keine mitgemacht haben). Und Kurt gehörte auch zu denen, die ihren Unwillen darüber äußerten, daß wir immer noch nicht eingesetzt seien.

„Man kommt sich hier so überflüssig vor." „– Andere, die mit uns eingezogen worden sind, sind schon gefallen." – Auf mein in dem Brief nach Weihnachten ausgedrücktem Bedauern, daß mein liebster Kamerad in Stellung gegangen sei, antwortete Mutter: „Deinen liebsten Kameraden können wir Dir leider nicht wiederbringen, sonst würden wir es gerne tun. Aber vielleicht findest Du einen anderen." Und tatsächlich, Adolf wurde mein liebster Kamerad, dieweil war ich von Kurt, von einem halben Tag abgesehen, drei Monate getrennt. (ua. Mit August und Hansgeorg Loburg), da war ich gerade in Antwerpen. Nach meiner Rückkehr konnte ich noch etwas beim Abendessen plaudern. Am nächsten Morgen hieß es für mich dann: dahin, woher er gekommen war. Nach sechs Wochen dann wieder bei der Kompanie, erfuhr ich, daß Kurt in Urlaub sei. Und erst an jenem Abend, als ich die Tür öffnete, sah ich ihn wieder.

Da saßen also die drei, und August begrüßte mich: „Du hättest jetzt dabei sein müssen, Ludwig: Wir haben gerade von der Penne gesprochen – na, wir haben alle festgestellt, daß es eine schöne Zeit gewesen ist." Wie freute ich mich über das freundliche Gedenken meiner Kameraden, als sie mir sagten: „Ja, wie du am 21. April versetzt worden bist, da haben wir schon Angst gehabt und gesagt: ‚Hoffentlich rufen sie den Ludwig jetzt nicht zurück" Gleich so manchen anderen stellten auch die drei fest, daß ich dickere Backen bekommen hätte. Natürlich fragten sie mich nach meinem Urlaub und so kamen wir auch auf den Film ‚Die Entlassung' zu sprechen. Köstlich vergnügten wir uns mit den „Drei lustigen Gesellen vom Reichssender Kölln", am meisten lachten wir über dieses quietschulkige „Essen muss er ja". Adolf und Kurt lasen Gedichte von Uhland vor. Und da hatte ich den Eindruck, als betreiben wir da eine höhere Geselligkeit. Etwas vorgelesen oder etwas erzählt (ich meine jetzt natürlich nicht die Unterhaltungen mit Gedankenaustausch und Wiedergabe von Selbsterlebtem) wird ja öfter. Aber durchweg sind es dann doch nur humoristische Sachen, und wie manches Mal verbringt man ganze halbe Stunden mit – Witzerzählen. Ist das nicht eigentlich öde, wenn da eine Gruppe beieinander ist, und nur ein Witz nach dem anderen verzapft wird, wenn es bei einer Pause – im Unterricht, beim Exerzieren, auf dem Marsch – so oft heißt. „Los, wer weiß einen Witz?" Aber ich glaube sogar, daß es dann den meisten dort eine größere Freude machen würde, wenn einer dann mal eine rechte Geschichte erzählen würde, eine Begebenheit aus dem Arbeitsleben etwa oder ein Reiseerlebnis, oder ein Gedicht vortragen würde, vielleicht eine Fabel oder wenigstens eine Anekdote, doch es macht keiner den Anfang unser Zusammenleben diesbezüglich auf eine höhere Stufe zu führen.

Wie schön ist die Freude an Gedichten. Jene Warthegauer Bauernjungen, die von Beethovenmusik nichts wußten (allerdings auch nichts von Jazzmusik), die hatten Spaß am Spiel der Verse, nein, gern begannen oder schlossen die einen Brief mit einem Gedichtchen z.B.:

„Drei Rosen im Garten, drei Tannen im Wald-
Erhalte mein Briefchen und schreibe mir bald!"

Welch ein Bild, wenn der alte Herr Sommer mit seiner schwarzen Kappe und seinem grauen Kittel, im struppigen grauen Bart, auf den Stock gestützt, mir, dem Jungen, der ins bunte Leben hineinzieht, das Liedchen vortrug von dem, der auf Wanderschaft geht und noch einmal zum Elternhaus zurückblickt. „Wer weiß, ob wir uns wiedersehen?" – Und Dir möchte ich danken, liebe Mutter daß Du mir in meiner Kinderzeit so manches schöne Gedicht vorgetragen und dadurch eine Neigung in mir erweckt hast, die mir nach und nach so viel Erheiterung, Besinnung und Erhebung bringt. – Und es kommt mir so vor wie einen höheren Ort des Zusammenlebens, wenn aus dem Gespräch heraus oder aus dem Anblick einer Landschaft oder eines Bauwerkes oder aus dem Eindruck eines Ereignisses einer anfängt zu zitieren. In einem Aufsatz „Von Leuten, die Goethe noch gekannt haben" las ich von einem Schüler, welcher den alten Goethe besuchte. Der frug ihn: „Was treibt ihr jetzt auf dem Gymnasio?" und verschiedenes andere.

Plötzlich reckte er sich in seinem Sessel auf und begann ein Gedicht aus seinem Zyklus „west-östlicher Divan" vorzutragen, in jener pathetischen Art, die er seinen Schauspielern zur Regel gemacht hatte. Nun, eine pathetische Zeit, in der man wohl auch unsere Verse schrieb als heute, ein alter Mann, ein Dichter….Aber der zwanzigjährige Weltkriegsfreiwillige Ernst Wurche in .Flexens „Wanderer zwischen beiden Welten" lernt nicht nur viele Gedichte auswendig, um sie stets lesen zu können, auch wenn er kein Buch bei sich hat, sondern fängt auch oft an seinem Freunde eines zu zitieren. An einem herrlichen Sommertage schwimmen die beiden mit anderen in einem See, und wie Ernst Wurche ihm entsteigt, breitet er die Arme aus, und über seine Lippen, die so oft von den Versen Goethes überfließen, strömt ein Psalm.

Eine Szene, die geradezu unwahrscheinlich klingt, die ich mir unter den Landsleuten, unter denen ich aufgewachsen bin, gar nicht vorstellen kann. Ob das aber unter süddeutschen jungen Soldaten hin und wieder vorkommt, daß einer ganz aus der Stimmung des Augenblicks heraus, mit einigem Pathos beginnt, ein Gedicht vorzutragen? Das dürfte heute auch bei ihnen ein Einzelfall sein. Aber wenn ich so die Sprache meiner ostmärkischen Kameraden höre

Hier brechen die Notizen ab……..

Und ich bin ihm kein bisschen nähergekommen.

Dann war der Krieg vorbei und das 1000jährige Reich gleich mit. Das Sagen hatten jetzt die Sieger, Amerikaner und Engländer. Das Haus war heil geblieben, wie überhaupt die ganze Straße kaum was „abgekriegt" hatte, nur das Postamt unten am Ende war voll getroffen worden sowie ein Eckhaus am oberen Teil. Das war aber die Ausnahme, Düsseldorf war eine Trümmerstadt geworden, es gab nichts mehr als das nackte Überleben, weder Strom, Gas oder Wasser, Nahrung nur auf Lebensmittelkarten und einen blühenden Schwarzmarkt. Der Winter toppte dann das Ganze mit einem Kälteeinbruch und viele, die nicht verhungert waren, erfroren nun auf offenen Straßen.

Das führte dazu, dass in Grafenberg die Güterzüge gestoppt wurden, und die Massen die Waggons enterten, um die Kohle zu ergattern, welche vom Ruhrgebiet zu den Siegermächten geliefert wurde – mit Billigung der Pfarrer, fringsen wurde es genannt, nach dem Kölner Kardinal Josef Frings.

Mami dichtete zu Weihnachten daher folgendes:

Mein lieber Ludwig!

Da ich nicht die kleinste Gabe
Zu dieser Weihnacht für dich habe,
sann ich hin und sann ich her,
wie dies abzuändern wär.

Ich sah meiner Nachbarin fleiß'ge Hände
Pantoffeln stricken ohne Ende
Und kam allmählich zu dem Schluss
Daß dies auch mir gelingen muß.

Zum Stricken bin ich ungeübt,
da es bei mir stets unbeliebt.
Guck deshalb nicht so ganz genau
Und ärgere am Fest nicht Deine Frau.

Sieh lieber auf den guten Willen,
laß die Pantoffeln ihren Zweck erfüllen
zu wärmen Deine Füße gut,
wenn fast zu Eis erstarrt das Blut.

So nimm denn diese kleine Gabe,
die einz'ge, die ich zu geben habe.
Dazu der Wünsche allerbeste
Zu dem lieben Weihnachtsfeste.

Deine Therese

Die Zeit nach dem Krieg
Kindheit

Es gab eine neue Zeitrechnung- vor dem Krieg und nach dem Krieg. Dazwischen gab's nichts mehr. Nun war nach dem Krieg, das Haus war ganz geblieben und hatte zwei neue Bewohner. Ich war da, mich hatte kurz vor Weihnachten 1944 der Esel im Galopp verloren oder vielleicht war ich auch den Zigeunern vom Wagen gefallen, wie Mami meinte. Bei Tante Lotte wusste man Genaueres: sie war ein Flüchtling aus Berlin und eine Zwangseinweisung. Irgendwie mussten die vielen Flüchtlinge ja untergebracht werden, und so wurde kurzerhand Wohnraum beschlagnahmt. Die einen nannten es zusammenrücken, die anderen sprachen vom Pack, von dem man nicht wusste, wo das herkam und das nur „vorn und hinten alles reingeschoben" kriegte, wo man doch selber nicht wusste woher nehmen und nicht stehlen. Selbst im Haus traf man die zwei Lager an. Papi zog mit dem Leiterwagen los rauf auf die Gerresheimer Höhen zu den Bauern, das Kind und den Hund oben drauf. War vielleicht doch so keine gute Idee, denn der Bauer knurrte nur: Zu fressen han se nix, ewwer ne Hunk müssen sie han...und beendete damit das Ende eines versuchten Tauschhandels. Und Mami? Mami setzte ihr eisernes Gesicht auf, wenn Tante Lotte notgedrungen mit dem Kloeimer die Treppe runterkam, um ihn an der Jauchegrube auszuleeren. Die Toilette zu benutzen war ihr strengstens verboten.

Mami war unter die Stummen gegangen, wie Papi das nannte. Das Haus interessierte sie nicht mehr, sie kümmerte sich um den riesigen Garten, den sie zu einem Nutzgarten umwandelte. Alles pflanzte sie an. Bohnen, Erbsen, Möhren, Kohlrabi, Salat. Die Sträucher und Bäume lieferten das Obst: Johannisbeeren, Stachelbeeren, Äpfel, Birnen, Kirschen, Reineclauden, Pflaumen. Sie hatte wirklich einen grünen Daumen, und alles wurde eingeweckt und eingekocht. Papi kümmerte sich nur um die Kartoffeln und den Spargel, wenn er mal da war. Meistens war er allerdings in der Firma. Mami hatte auch noch die Tiere: zehn Hühner und ein Hahn, die Ente Pille und der Dackel Hexe mitsamt Katze. Letztere waren ein eingespieltes Team, die Katze klaute für den Hund, rollte Eier zu ihm, die er zerbrach oder schmiss die Lebertranflasche vom Schrank, Hexe mochte Lebertran – ich nicht! Beide fraßen sie aus einem Napf, allerdings nie ohne ihr Ritual:

1. Akt: Hund legt den langen Kopf über den Fressnapf, Katze setzt sich hinter ihn.

2. Akt: Katze steht langsam auf, streckt sich und beginnt ihre Kreise um den Hund zu ziehen.

3. Akt: Der Hund wird immer unruhiger, sein Schwanz schlägt schneller, sein Hinterteil wackelt verräterisch.

4. Akt: Hund springt auf und rennt weg, Katze frisst als erste.

5. Akt: Hund kommt zurück, beide fressen gemeinsam.

Abends kam Pille bis vor die Küchentür und nickte so lange mit dem Kopf bis Mami sie auf den Arm nahm und streichelte. Das tat sie bei mir nie, und ich war entsprechend eifersüchtig. Bei dem Hund war es umgekehrt, er sah in mir den Feind, den es abzuwehren galt, und ich musste höllisch auf der Hut vor seinen plötzlichen Attacken sein.

Das Haus war dunkel und kalt, sogar im Sommer. Im Erdgeschoss befand sich die Küche mit dem Durchgang zu einem kleinen Esszimmer, hinter der Küche war der kleine Flur mit einer Klöntür zum Garten und das Klo mit Wasserspülung, Klopapier wurde aus alten Zeitungen geschnitten und hing gebündelt an einem Nagel an der Wand unter dem Fenster. Im Winter war es kein Vergnügen dorthin zu müssen, es war saukalt und dicke Eisblumen hatten vom Fenster Besitz ergriffen. Im Sommer stand die obere Tür zum Garten immer weit offen, so konnte die warme Luft ungehindert hineinströmen. Der Boden in der Küche war aus Steinholz, ein grau braun schwarz punktiertes Etwas, in dem ich vergeblich versuchte ein Muster zu finden, an der Wand glänzte ein dunkelbrauner Ölanstrich. Davor beherrschte der Herd das Bild, eine silbern glänzende Kombination aus Kohle- und Gasherd, ungeheuer vornehm anzuschauen; ein steinernes Waschbecken versteckte in seinem Unterschrank einen Warmwassertank, der nächste Luxus. Im Esszimmer stand die elektrische Kaffeemaschine neben der elektrischen Nähmaschine von Pfaff, die in einen Schrank eingebaut war, und mit der man sogar sticken konnte. Das war einmal in der Woche der Arbeitsplatz der Schneiderin, die alle Näh- und Flickarbeiten erledigte. Über der Nähmaschine hing übergroß Ludwigs Portrait in ÖL, Tag und Nacht erleuchtet von 2 großen Kerzen, daneben standen Mamis Couch für den Mittagsschlaf und der Hundekorb, darüber ein weiterer riesiger Ölschinken einer Heidelandschaft. Die andere Wand war von Papis Bücher- und Schreibschrank besetzt und vom Ofen, der mit echter Kohle beheizt wurde. In der Mitte stand der Tisch, mein Unterschlupf, der mal als Versteck oder Beobachtungsposten diente oder den unsichtbaren Thron der Prinzessin verbarg, die von dort den totalen Überblick auf ihr Reich hatte.

Wilma kümmerte sich um das Haus. Wilma kam täglich von 8 Uhr bis mittags zum Reinemachen und zum Kochen und hörte dabei Radio oder sang beim Bügeln. Sonst ist man hier ja lebendig begraben, wenn ich das Geld nicht brauchen tät, seufzte sie.

Manchmal brachte sie auch ihre Tochter mit, die kann ruhig schon mit anpacken, zum Lernen reicht's bei ihr nicht, war ihre Meinung, und ich hab' jemand zum Quatschen. Das Mädchen war geistig zurückgeblieben, sie selbst Kriegerwitwe, und beide wohnten auf der Dreherstraße in einem Altbau hoch unterm Dach in einer winzigen Zweizimmerwohnung, das Klo war eine halbe Treppe tiefer zwischen den Etagen und für alle Mitbewohner des oberen und unteren Stockwerks.

Und wo war ich? Ich hockte an meinem Platz unterm Esstisch. Unter dem Tisch war es sicher. Beschützt fühlte ich mich durch die überlange Tischdecke, deren Saum ich ab und an hochhob, nur um die Blicke an schwarzen Schuhen, über schwarzen Strümpfen, einem schwarzen Kleid bis zu den schwarzen, immerhin leicht angegrauten Haaren empor gleiten zu lassen, Lautlos und fasziniert beobachtete ich diese reglose Gestalt vor einem übergroßen Bildnis eines jungen Mannes, verfolgte das Zittern der Kerzenflammen, die rechts und links aufgestellt waren und immer neue schwarze Schatten an die Wand warfen.

Hier unter dem Tisch war mein Reich, welches ich mir mit einem kleinen Schneemann und einem Polizisten aus Holz teilte. Und mit Büchern, alten Büchern, die noch von Ludwig stammten: Struwwelpeter, Nussknacker, Bechsteins Märchen, Onkel Toms

Hütte, Robinson Crusoe. Alte Schulbücher waren auch dabei, auch ein Buch für das erste Schuljahr. Schreibschrift in Sütterlin und Druckschrift in Fraktur. Nach kurzer Zeit konnte ich schon erste Worte lesen, und dann dauerte es nicht mehr lange, bis sich mir alle Bücher erschlossen. Das blieb aber mein Geheimnis, genau wie das Schreiben auf einer alten Schiefertafel, die ich nach meinen Übungen sorgsam reinigte. Ich hatte meine Welt gefunden.

Geschlafen wurde auf der Ausziehcouch im Durchgangszimmer, welches auch als gute Stube zu Ostern oder Weihnachten diente. Oder als Raucherzimmer, wenn Papi mal da war und die Herren sich nach der Anzuganprobe noch einen Cognac genehmigten. Gemütlich in den beiden Fauteuils am Fenster sitzend und je nach Laune mal ein Pfeifchen mal eine Zigarre rauchend. Stinkt wie altes Friedhofskraut, ärgerte sich Mami, änderte jedoch nichts an den Tatsachen…Auch dieses Zimmer war vollgestopft mit Buffet, Kredenz, einem großen Esstisch und entsprechenden Stühlen, dem runden Couchtisch und zwei Sesseln und natürlich der Ausziehcouch, in der tagsüber mein Bettzeug verschwand. Dabei war das Zimmer gerade mal 4m x 3m groß! Hier spendete ein edler Ofen zur kalten Jahreszeit herrliche Wärme. Dass er nie ausging, dafür sorgte Papi immer mit zwei in Papier eingewickelten Briketts, die er jede Nacht hineinschob, wenn er mit Geschichten aus seiner

Kindheit und einem Gute-Nacht-Kuss mich ins Reich der Träume schickte, bevor er ins obere Stockwerk stieg. Hinter einer zweiten Tür verbarg sich die Treppe ins Obergeschoss. Dort waren das Schlafzimmer der Eltern und die beiden kleinen Zimmerchen von Tante Lotte.

Mit noch etwas konnte das Haus punkten. Im Keller war das Badezimmer mit dem großen Heizkessel, ein Ungetüm, in welchem Wasser für 3 Bäder aufbereitet werden konnte. – mit Gas! Freitags war Badetag. Erst war ich an der Reihe, dann Papi und zum Schluss Mami. Noch ein Luxus befand sich dort: eine Waschmaschine, immer vom neuesten Schrei, Rührflügelmaschine, Trommelmaschine, Trockenpresse, Entwässerungspresse; zuerst immer zwei Geräte, die Maschine war nur zum Waschen; nach dem Kochen musste die Wäsche mit Riesenklammern aus der heißen Brühe herausgehoben und durch die Presse gedreht werden oder in den Bottich bugsiert, in den konnte man unten Wasser einfüllen, wodurch innen ein Ballon hochgedrückt wurde und das Wasser in der Wäsche hinauspresste. Auch das war immer Wilmas Aufgabe.

Das Schweigen in der Familie war ein graues Tuch, welches alles überdeckte und die Luft zum Atmen vergiftete. Es prägte von früh an auch meine Kindheit. Auch ich sprach nicht, was dazu führte, dass ich nur eingeschränkt als schultauglich befunden wurde. Doktor Hagedorn, unser Hausarzt beruhigte: die kann sprechen, die will nicht. Die wird mal so viel reden, dass Sie froh sein werden, wenn sie mal den Mund hält, war sein Fazit. Die Prophezeiung traf dann aber doch nicht ein.

Die Einschulung war ein Ereignis besonderer Art. Ich bekam eine Schultüte nicht von meinen Eltern sondern von Tante Lotte – und darin war - ein Hund! Ein kleiner Dackel, nur für mich, und Mami, o Wunder, erlaubte mir ihn zu behalten. Der Vorgänger war inzwischen gestorben, die Katze verschwunden.

Ziemlich schnell kam die Lehrerin jedoch dahinter, dass ich fließend lesen und schreiben konnte – allerdings nur in Sütterlin.

Lesen lernen ging in der Schule anders. An der Wand hingen Bilder der Buchstaben mit Abbildungen von Fingerzeichen, die wir bei jedem Buchstaben mitmachen mussten wie eine Taubstummensprache. Alle schafften es, kein Kind scheiterte, und ich lernte darüber das Sprechen, allerdings mit Hindernissen: ich stotterte. Schrieb ich früher zu Hause auf der Tafel mit der linken Hand, musste ich nun mit der rechten schreiben, die linke wurde am Stuhl festgebunden. Links war das böse Händchen. Das passte mir gar nicht, lieber stotterte ich und riskierte die Lacher der anderen. Die Lehrerin hatte bald ein Einsehen und machte dem Spuk ein Ende. Das Stottern hörte auf, und Schule fing an Spaß zu machen. Dennoch herrschten strenge Regeln: zu Beginn Aufstellung in Zweierreihen auf dem Schulhof, ohne Reden still in die Klassenräume gehen, Aufstehen, wenn man gefragt wird usw. Verstöße wurden durch Schläge geahndet, da gab's normalerweise kein Pardon. Doch unsere Lehrerin schlug nicht, wir hatten Glück. Noch etwas Besonderes hatte die Schule: sie war zweigeteilt. In der einen Hälfte waren wir – die Mädchen, in der anderen die Jungs. Auch der Schulhof war so geteilt und an der Grenze patrouillierten die Lehrer streng darauf achtend, dass nur kein Kind Kontakt zur anderen Seite aufnahm…

Zuhause hatte ich Tante Lotte. Sie trat immer mehr in mein Leben oder besser gesagt ich betrat ihr kleines Reich, angelockt von ihrem Spiel auf der Gitarre. Sie hatte eine wunderschöne Altstimme. Bei ihr brauchte ich nicht zu sprechen, ich konnte singen. Beim Basteln wurde gesungen, beim Malen wurde gesungen. Aus alten Zeitungen entstanden Kasperleköpfe, aus Draht und Bast ganze „Negerdörfer" und Tiere, zuletzt sogar eine komplette Krippe zu Weihnachten. Sie brachte mir das Blockflötenspiel bei, wusste die Namen von allen Pflanzen und Tieren und zeigte sie mir in der Natur rund um Gerresheim. Alte Baumwurzeln im Wald wurden zu Wichtelstädten, und ich zur Forscherin. Das Leben war mit ihr herrlich. Allerdings nur, wenn sie da war.

Du musst das Passwort kennen, um dich einloggen zu können. Genauso ist es mit deiner Umwelt. Das Passwort in der Familie kriegst du automatisch mit deiner Geburt, es ist der Schlüssel, den du dein Leben lang brauchst. Mein Schlüssel passte nicht.

Auf Mamis Nachttisch stand ein Foto von einem Baby: Ludwig in Bauchlage nackt auf dem Bärenfell. Solche Fotos gab es von mir nicht. Mich hatte ja der Esel im Galopp verloren oder die Zigeuner aus dem Wagen geworfen. Zumindest waren das die spöttischen Antworten auf meine Fragen aber auch rein sachlich: zu der Zeit machte man keine Fotos, es gab ja nichts. Letzteres stimmte, ich kann mich noch gut an die Hamsterfahrten auf die Gerresheimer Höhen erinnern: Zusammen mit Papi und Hund ging's zu den Bauern. Butter, Milch oder Fleisch eintauschen gegen Schmuck oder Zigaretten. Ansonsten gab's nur Lebensmittel auf Essensmarken. Den Reichtum gab der Garten her, und das war nicht wenig. Kartoffeln, Bohnen, Erbsen, Sellerie, Porree, Möhren, Petersilie, jede Menge Kräuter und jede Menge Obst wie Erdbeeren, Johannisbeeren – rote, weiße und schwarze, Stachelbeeren. Himbeeren und Brombeeren rankten an der Südwand am Ende des Gartens. Dazwischen standen die Obstbäume und hielten Wache. Gleich hinter dem Haus begann es mit dem kleinen Apfelbaum – Mamis Goldparmäne, daneben wuchs der große Holländer, ein immergrüner Apfel. Er wurde

Monate lang im Keller gelagert, schrumpelte immer mehr vor sich hin und schmeckte selbst dann noch herrlich.

Darauf folgten die Knappkirschen, ein Birnbaum, ein Mirabellenbaum, eine Sauerkirsche, zwei Riesenbirnbäume und zuletzt ein Pflaumenbaum und die Reineclaude. Alles wurde verarbeitet, eingeweckt, eingekocht oder getrocknet. Mami saß im Sommer im Hof unter dem Goldregen und Schneeball. Von oben regnete es Blattläuse, und sie schälte stundenlang die Birnen, die Hände und Arme voller Wespen. Sie wurde nicht einmal gestochen. Nachts wurde das in Streifen geschnittene Obst im Backofen getrocknet. Das ging über mehrere Wochen so, mir wurde schon morgens schlecht vom Geruch der Birnen, und ich würgte mit Müh und Not den Haferbrei mit Nährsalz zum Frühstück hinunter. Der Teller musste immer leer gegessen werden, was ich morgens nicht aufaß, bekam ich mittags wieder vorgesetzt, notfalls sogar wieder am Abend. Da kannte sogar Papi kein Pardon.

Wenn Papi zu Hause war, wurde die Welt ein wenig heller. Leider war er selten zu Hause. Die meiste Zeit verbrachte er im Büro oder war dienstlich irgendwo auf der Welt unterwegs. Oft kam nur sein Chauffeur und wechselte einen Koffer mit „dreckiger" Wäsche gegen einen sauberen aus. Mit Mami war danach nie gut Kirschen essen, da versuchte ich mich unsichtbar zu machen. Bei gutem Wetter versteckte ich mich in dem hohen Birnbaum weit hinten im Garten, bei Regen versuchte ich das gleiche auf dem Speicher. Dort verriet mich leider zu oft das Geräusch der Räder eines großen alten Holländers, mit dem ich meine Runden um den Schornstein drehte. Oder ich versteckte mich in einem alten Kleiderschrank, in welchem sie alte Klamotten und Schülermützen von Ludwig aufgehoben hatte. Erwischte sie mich dort, setzte es besonders heftige Prügel.

Mami konnte mich nicht ausstehen, das war mal klar. Keine Ahnung warum. Vielleicht war ich zu hässlich. Ich war kümmerlich, immer zu klein für mein Alter, die Haare zu dünn, die Haut zu hell, ich aß viel zu wenig und wenn brauchte ich Stunden für eine halbe Schnitte Brot. Margot fütterte mich dann mit unendlicher Ausdauer. Sie war ein Nachbarskind, 3 Jahre älter als ich und wunderschön. So schön wie Schneewittchen. Genau wie Mami, auch sie hatte eine Haut weiß wie Schnee, Haare so schwarz wie Ebenholz, Lippen so rot wie die schönste Rose, überhaupt war das ganze Gesicht von einer unglaublichen Ebenmäßigkeit wie gemalt. Schon als junges Mädchen war sie umwerfend schön gewesen, kein Wunder, dass Papi sie geheiratet hatte. Dazu war sie schmal und zierlich wie ein Püppchen. So jemand könnte noch nicht mal einer Fliege was zu Leide tun, war die Meinung über sie, ich wusste es besser. Bei ihren Wutanfällen war allerdings nichts mehr schön, dann prügelte sie mir den Teufel aus dem Leib, Margot bekam das mal mit und lief schreiend weg Tante Martha, die Frau K. schlägt die Christa tot. Tante Martha war ihre Pflegemutter.

Mami war sehr fromm. Jeden Morgen besuchte sie um 6 Uhr in der Frühe die Hl. Messe, danach wurde ich geweckt und das Morgengebet verrichtet, vor und nach dem Essen wurde ebenfalls gebetet, kurz gesagt: arbeitete sie nicht gerade im Garten, so betete sie. Sonntags ging sie gleich zwei Mal in die Kirche, erst in die Frühmesse und anschließend mit mir in den Kindergottesdienst. Nachmittags gab es dann noch die Christenlehre für uns Kinder. Die Jungen saßen auf der rechten Seite, die Mädchen auf der linken, der Schweitzer im roten Mantel mit einem langen Stock achtete streng auf unser Benehmen. Montags in der Schule wurden als erstes die aufgerufen, die nicht in der Christenlehre gewesen waren oder sich schlecht benommen hatten. Ein Vermerk im Klassenbuch war ihnen fast immer sicher. Brave Mädchen bekamen ein Heiligenbildchen zur Belohnung. Am Ende des 4. Schuljahres hatte ich eine prall gefüllte Zigarrenkiste davon; das meiste stammte jedoch nicht von mir sondern war ein Mitbringsel der Physiotherapeutin meiner Mutter. Von ihr stammte auch meine erste Puppe, ein besonders kostbares Stück: eine Gelenkpuppe mit einem Kopf aus Porzellan und echten Haaren. Da sie so wertvoll war, durfte ich sie allerdings nur hinter

Glas im Schrank bewundern, genau wie die vielen Trachtenpuppen, die Papi mir jeweils von seinen Reisen mitbrachte. Das machte nichts, Puppen interessierten mich nicht, im Puppenwagen fuhr ich lieber meinen Hund spazieren, den ich dafür in Puppenkleider steckte, bis er eines Tages wohl die Schnauze voll hatte, aus dem Wagen sprang und das Weite suchte. Danach war der Puppenwagen Geschichte.

Für mich war eine ganze Tafel Schokolade allerdings die beste Belohnung aller Zeiten, und die bekam ich für mein Spiel als „schmutziger Pfennig" nach einer Schulaufführung vom Direktor persönlich für herausragende Leistung. Meine erste Schokolade in meinem Leben! Und das im 4.Schuljahr!

Die erste Banane fand ich auf einem Spaziergang im Grafenberger Wald, d.h. Papi entdeckte sie an einem Strauch und pflückte sie für mich. Fast ein Jahr lang suchte ich danach jeden Strauch ab, bis ich Bananen beim Gemüsehändler auf der Benderstraße entdeckte.

Es ist nicht alles Gold was glänzt. Das merkte ich auch ziemlich rasch. Bei uns zu Hause gab es zwar einen Schneider für Papis Anzüge und eine Schneiderin für Mamis und meine Garderobe, aber im Alltag lebten wir spartanisch. Wenn allerdings was angeschafft werden musste, sollte es das Beste sein. Geld spielte nie eine Rolle. Mami hatte immer die modernste Waschmaschine im Keller – natürlich von Miele, und meine Garderobe erstand man im Kinderhaus Marga auf der Schadowstraße. Wuchs ich heraus, wurde sie von der Schneiderin geändert: aus einem Kostüm wurden so ein Kleid, dann ein Trägerrock und zuletzt eine Weste. Taschengeld bekam ich nie so lange ich dort lebte. Wenn Du was brauchst, kannst du fragen, knurrte Papi, und fragte ich tatsächlich mal, hieß die Antwort: Geld hat man nicht vom ausgeben sondern vom behalten.

Gute Leistung kommt nur durch gute Bildung, und dafür braucht es Fleiß und Ausdauer, Luxus ist da nur hinderlich. Ich war da nicht so von überzeugt. An unserem Grundstück ging sehr oft eine Dame aus der Nachbarschaft vorbei, gekleidet in edlen Persianer, goldene Ringe und Armbänder an den Fingern und Armen – meine Bewunderung war grenzenlos, bis ich einmal neben ihr in der Metzgerei stand. Mit ihren beringten Fingern zeigte sie auf die Auslage, und aus ihrem Mund kam der bedeutsame Satz, „Tun se mich ein Viertelpfund von die Leberwurst.". Vorbei war meine Hochachtung, und der Spruch „jeder hat ein Brett vor'm Kopf, aber beim Düsseldorfer muss es aus Teakholz sein" geboren. Teakholz war damals der letzte Schrei!

Doch etwas gab es, was nur wir auf der Straße hatten: ein Auto mit Chauffeur, zumindest immer dann, wenn Papi zu Hause war. Dann stand Herr Schnabel pünktlich vor der Tür, „s'Godd, gnä Frau, s'Godd, Mädle, wollt dem gnädga Herrn abhola"

Mit Auto und Chauffeur ging es auch jedes Jahr in Urlaub. 4 Wochen war das mindeste, und meistens zum Kuren. Bad Urach, Baden-Baden, Interlaken und Bad Gastein waren die edlen Ziele. Erst viel später habe ich begriffen, was für ein Luxus das in den 50er Jahren war. Früh schon fiel mir jedoch der große soziale Unterschied zwischen den Gästen und der „Normalbevölkerung" auf. Die Einheimischen im schweizerischen Simmental konnten sich selbst ihre berühmte Butter nicht leisten…

Damals fand ich es nur langweilig und öde. Zudem wurde mir beim Autofahren immer schlecht, auch das vorne neben dem Fahrer sitzen half da nichts.

Immerhin lebte ich in einem goldenen Käfig in einem Haushalt mit Mann. Männer waren selten geworden bis auf wenige Alte, die Frauen beherrschten den Alltag, viele Kriegerwitwen oder solche, deren Männer vermisst waren oder in Kriegsgefangenschaft. Eine Frau drei Häuser weiter hatte es am schlimmsten getroffen: ihr Mann und alle drei Söhne waren im Krieg geblieben. Da machte einen nur der Blick auf's Haus schon still….

Es gibt diesen Satz: kein schöneres Heim als Gerresheim. Ich kann nur sagen, er ist wahr. Seit fast 100 Jahren ist der Ort ein Stadtteil von Düsseldorf, eingemeindet und doch nicht verwachsen. Im Westen und Norden verhindert der Grafenberger Wald ein Zusammenwachsen, im Süden die Bahnlinie nach Wuppertal, im Osten breiten sich die Gerresheimer Höhen bis ins Bergische Land aus. Im 2. Weltkrieg war dort das Reiterstandbild Jan Wellems in einem Stollen versteckt. Jan Wellem ist so vor der Zerstörung verschont geblieben, zwei Jungs aus Gerresheim nicht, die dort am alten Stollen spielten und vom Berg verschüttet wurden. 1944 war ein anderer Stollen in der Nähe, der als Bunker diente, voll getroffen worden, und alle Schutzsuchenden darin konnten nur noch tot geborgen werden. Hinter dem Gerrikuspützchen, einer alten gefassten Quelle, lagen noch jahrelang die Reste des Bunkers, dahinter ging es den Balderberg hoch durch lichten Mischwald hinauf bis zu den Feldern. Zwischen den Bäumen wuchs mannshoch der Farn. Mittendrin hatte ich mir als ich größer wurde heimlich ein Nest gebaut, das ich viele Jahre sorgsam hegte und pflegte – es blieb bis zur Hochzeit mein Geheimnis.

Gerresheim war zweigeteilt, der untere Teil war die Glashütte mit der großen Fabrik, der obere nannte sich die Hardt. Dort zu wohnen war feiner, und man machte sich nicht gemein mit den Arbeitern, Kommunisten und Gastarbeitern. Piekfein war es jedoch in den Seitenstraßen auf der richtigen Seite der Benderstraße: Frieding-, Iken- oder gar Lakronstraße hatten die größten herrschaftlichen Wohnungen. Dafür waren auf unserer Seite die meisten Eigenheime, Ein- und Zweifamilienhäuser als Reihenheime mit großen Gärten, gebaut nach dem ersten Weltkrieg für versehrte Soldaten der Post. Noch eine wichtige Trennung gab es, zumindest für uns Kinder: auf der Hardt war man katholisch und spielte auch nur mit katholischen, die evangelischen brauchte man als Gegner beim Völkerball. Oder zum verprügeln…

Bei Spielen auf der Straße war ich meist Zaungast, ein Tor trennte uns. Das gesamte Grundstück war durch einen über zwei Meter hohen Zaun abgeriegelt. Ich befand mich im goldenen Käfig, raus aus ihm nur zur Schule, rein so gut wie niemand. Das führte dazu, dass ich anfing nach der Schule zu trödeln, ging mit anderen sogar nach Hause. Am spannendsten war es bei den Zwillingen Rosi und Lene, sie wohnten in einem uralten Haus am Gerrikusplatz, wo immer was los war. Auseinanderhalten konnte man die beiden nur an ihrer linken Hand, eine hatte dort einen krummen kleinen Finger, man durfte nur nicht vergessen wer. Wild und frei lebten alle dort, polterten die Treppen rauf und runter, während die Mutter am Bügeltisch die Wäsche anderer Leute plättete. Einen Vater gab es nicht, die meisten Väter hatte der Krieg gefressen. Am schlimmsten hatte es wohl Marianne erwischt. Sie lebte mit ihrer Familie in einer der Nissenhütten auf dem Sportplatz, in welchen

Flüchtlingsfamilien hausten, wohnen konnte das niemand nennen. Im Sommer war es dort brüllend heiß, im Winter durfte niemand mit der Hand an die eiskalten Aluminiumwände kommen, man lief Gefahr, dass die Finger kleben blieben. Ein Abenteuer versprach ein Besuch im Wohnwagen. Dort lebte Walli mit ihrer Sippe, leider war sie nur kurz in unserer Klasse, so plötzlich wie sie gekommen war, war sie auch wieder weg, sie waren Fahrende - Zigeuner nannte man sie damals. Die nachfolgende Bestrafung zu Hause nahm ich gern in Kauf, die genossene Freiheit war es wert.

Das Gefühl für Freiheit wurde immer wichtiger für mich. Bei den Spaziergängen blieb ich nicht mehr auf den Wegen, ich schlug mich seitlich durch das Unterholz, welches in den 50iger Jahren wieder deutlich dichter wurde. Nicht mehr jeder Zweig oder Ast wurde nun noch als Brennholz mit nach Hause genommen, der Wald wirkte nicht mehr wie gefegt.

Der goldene Käfig wurde immer enger. Mittlerweile ging ich auf die höhere Schule, die Aufnahmeprüfung hatte ich spielend geschafft, das Schulgeld spielte keine Rolle. Die Schule lag mitten in der Altstadt. Mit der Straßenbahn ging es bis zum Burgplatz, von dort aus zu Fuß weiter am Rheinufer entlang. Damals hatte die Bahn noch offene Perrons, wo wir Kinder uns natürlich mit Vorliebe aufhielten und rumalberten, bis Gisela den Tornister von Beatrix in einer

Kurve aus der Bahn schleuderte – und prompt von der Schule flog. Da kannten die Nonnen der Schule kein Pardon!

Ich vergaß regelmäßig meine Monatskarte in der Bahn, machte mir deshalb aber keine Sorgen, sie lag mit 100%iger Sicherheit am Abend in unserem Briekasten, weil der Schaffner auf seinem Heimweg bei uns vorbei gehen musste.

In der Stadt sah ich überall die Trümmer, auch 1955 – immerhin 10 Jahre nach Ende des Krieges, war die Zerstörung unübersehbar. Kurz hinter dem Schlossturm – ohne Dach lag die älteste Kirche St. Lambertus, der Turm ragte über die Trümmerberge ringsum. Weiter ging der Weg am Theresienhospital vorbei, welches notdürftig geflickt war, die Kapelle an der Ecke nur eine Ruine. Kurz vor der Schule stand die ehemalige Kreuzherrenkirche, eine zweischiffige Basilika ohne Dach, verriegelt und verrammelt.

Auch die Schule selbst war mehr eine Ruine als ein Lyzeum. Hinter dem Pult der Lehrerin befand sich eine Tür, die ins Leere führte, alles dahinter lag in Trümmern, ein Schritt weiter und man stürzte vom 3.Stock direkt in die Tiefe. Nicht immer war die Tür abgeschlossen. Das gleiche bei den beiden anderen Etagen. Auf der anderen Seite des Schulhofs war eine große Baustelle. Dort wurde das neue Schulgebäude errichtet- sogar eine Dachterrasse für die

Abiturientinnen war geplant. Unten kam später ein überdachter Pausengang hin mit einer großen Volière.

Im Stadtteil Zoo gab es keinen Zoo mehr, nur einen verwilderten Park, und auf der Brehmstraße stand gegenüber ein Bunker, der nun als Aquarium diente, in dem man Fische und „Steine" betrachten konnte, der Rest des Naturkundemuseums Löbbecke, Überall atmete die Stadt noch die starke Spur der Verwüstung, da war Gerresheim richtig gut davon gekommen. Die wenigen Trümmer an der Gräulinger- oder Regenbergastraße waren willkommene Spielplätze, streng verboten und gerade deshalb sehr beliebt für Schatzsuchen. Mein wertvollster Fund bestand aus einer ganzen Handvoll roter, grüner und blauer Edelsteine -leider stellte es sich dann heraus, dass es doch nur Glassplitter der Gerresheimer Glashütte waren….

Jugendzeit

Es war an Karneval, als meine Kindheit mit einem Paukenschlag endete. Ich war im Dezember 13 geworden, hockte in einem Holländerinnenkostüm am Straßenrand und gab mit meinem großen Bruder an, so nach dem Motto: wenn der erst mal nach Hause kommt, dann….als einer der Jungen plötzlich zurück schnauzte: Du hast gar keinen Bruder, und überhaupt, das sind ja gar nicht deine Eltern, du bist ja bloß ein Findelkind! Und lügen tust du auch noch!

PENG!

Das war's.
Ende.
Aus.
Amen.

Wie Schuppen fiel es mir von den Augen: deshalb mochte mich Mami nicht. Deshalb spielte keiner mit mir. Deshalb durfte ich nirgendwo hin. Deshalb nannte mich Papi seine kleine Frau und nicht seine Tochter. Deshalb der Dauerspruch: du bist nichts, du hast nichts, du kannst nichts; deshalb war ich die Teufelsbrut, deshalb…

Zu Hause sagte ich kein Wort, erneut hatte ich die Sprache verloren, Schule interessierte mich nicht mehr, ich schwankte zwischen Glaube und Unglaube, Bestätigung und Lüge, Hoffnung und Verzweiflung. Samstags musste ich zur Beichte, wagte dort das Unsägliche auszusprechen – und wurde vom Pfarrer einbestellt.

Also war es wahr, was die Jungs behauptet hatten. Warum sonst sollte ich dahin kommen? So saß ich am nächsten Samstagnachmittag in seinem geheiligten Wohnzimmer bei Kakao und Kuchen, und er erklärte mir das Warum. Weil Mami so traurig gewesen war nach dem Tod es einzigen Sohnes, weil sie eine neue Aufgabe brauchte, weil sie etwas Gutes tun wollte, bla bla bla. Mich ging das Ganze nichts mehr an. Auch als wir danach gemeinsam nach Hause gingen, der Pfarrer meine Eltern und mich aufforderte uns die Hand zu geben, nun sei alles wieder gut, war die Gleichgültigkeit zum zweiten Ich geworden.

Ich sah nichts Gutes, ich war ein Trostpflaster. Hineingekommen an dem Sterbedatum des Sohnes: 1.Juli 1948 – auf den Tag 3 Jahre später, ein Mädchen gewünscht von Papi, gehasst von Mami, die lieber einen Ersatzsohn gehabt hätte und in mir eine Rivalin um die Liebe ihres Mannes sah. Fazit: sie hätte sich lieber einen neuen Hund anschaffen sollen…

Für mich galten ab sofort keine Regeln mehr. Das bekamen alle zu spüren. Kletterte aus dem Fenster, wenn ich eingeschlossen wurde, über den 2 m hohen Zaun mitten in der Nacht und trieb mich rum. Mit Männern, mutmaßte Mami, komm mir nur nicht mit `nem Balg nach Hause, du Flittchen. Ich sagte immer noch kein Wort, niemand sollte wissen, dass ich an meinem Geheimplatz nachts auf die Lichter der Großstadt starrte und überlegte, wie ich mich am besten umbringe…unten am Bahndamm mich vor einen Zug schmeißen? Der Plan wurde verworfen, zu unsicher. Auf den Dachgarten der Schule steigen und mich da runterstürzen, zu aufwendig und zu viel Leute drum rum. Sich im Keller erhängen wie die Nachbarin von gegenüber? Zu viel Schiss. Rattengift essen? Tut viel zu weh usw. Fazit: ich war ein Feigling….

Nach der Schule trödelte ich bei Karstadt rum und klaute. Aber nicht direkt. Ich beobachtete andere, die klauten und stellte sie vor dem Kaufhaus vor die Wahl, Diebesgut her oder ich ruf die Polizei. Die Masche funktionierte prächtig.

Ein neues Ich war gefunden. Nicht mehr die „du bist nichts, du kannst nichts, du hast nichts-Trulla", sondern die mächtige, strahlende Chira, die sich nichts mehr gefallen ließ, eine Streiterin, die es mit allen aufnahm, die ihr in die Quere kamen. Sogar mit den Lehrerinnen, sogar mit der Direktorin.

Strafarbeiten erledigte ich auf meine Weise. So sollte ich 50 Mal den Satz schreiben ‚Ich darf den Unterricht nicht stören und nur sprechen, wenn ich gefragt werde. Ich schrieb es so auf eine große Zeitungsseite :

50 x

ich darf den Unterricht nicht stören und nur sprechen, wenn ich gefragt werde.

Dass ich dabei doch den Kürzeren zog, merkte ich erst wesentlich später. Zuerst waren es nur Abmahnungen im Zeugnis, dann Drohungen die Schule verlassen zu müssen. Als ich schließlich in der Obertertia vor versammelter Klassengemeinschaft auf den Hinweis einer Lehrkraft, mit unbekannter Herkunft gehöre ich nicht auf diese Schule, sondern solle lieber Schneiderin oder Friseuse werden, lief das Fass über. Meine Antwort, sie wäre besser keine Lehrerin geworden, mit ihren Ansichten wäre sie fehl am Platze, brachte mich vor die Oberin Mater Gregoria. Trotz Vermittlungsversuche meines guten Pfarrers wurde geraten, ich solle die Schule wechseln, da die Lehrerin die Klasse weiter behalten würde. Für die Bemerkung der Lehrerin entschuldigte sie sich zwar, aber leider sehe sie keine andere Lösung.

Eine neue Schule musste her. Woher nehmen und nicht stehlen so mitten im Schuljahr? Eine Realschule fand sich als Lösung. Hier war es allen egal wo ich herkam, Bemerkungen wie „wer weiß, woher die das schlechte Blut hat" gehörten der Vergangenheit an, zumindest im Schulbereich. Störend waren nur die ständigen Ohnmachtsanfälle, ohne Vorwarnung kippte ich einfach um, als rettender Engel erwies sich die Biologielehrerin. Sie entlockte mir meine Probleme und half mir mein Gleichgewicht wieder zu finden. Ihr Vermittlungsversuch bei den Eltern mich vielleicht der Herkunftsfamilie zuzuführen, scheiterte jedoch auf der ganzen Linie. Mami drohte nur, dann kommst du zurück ins Heim, wo wir dich hergeholt haben. Auch egal, nein, war es nicht, ein Typ wie ich, der nichts hat, nicht mal ein gutes Aussehen und dann auch noch nichts kann, der kann im Heim nicht mal mehr eine Schule besuchen, der muss mit 14 zur Arbeit in die Fabrik – als ungelernte Arbeiterin. So wollte ich nicht enden, eher würde ich mich doch noch umbringen! Alle sollten sich noch wundern…doch sterben war nicht die geeignete Waffe, das bedeutete nur den Sieg der anderen. Hast du schon gehört, die K. hat sich umgebracht, und das war es dann gewesen, dann würde zum aktuellen Tagesgeschehen zurückgekehrt.

Es gab nur eine Lösung: Bestnoten!

Erneut wurde ich eine gute Schülerin, beliebt bei den Klassenkameradinnen, denen ich vor Unterrichtsbeginn noch schnell die Hausaufgaben machte, und auch geschätzt bei den Lehrern. Das hatte ich einem Trick zu verdanken.

Zu Beginn eines jeden Halbjahres bereitete ich für fast jedes Fach ein großes Referat vor, heimste eine Bestnote ein – und „verschlief" den Rest, zumindest was das Mündliche betraf. Eine Besonderheit waren die Deutschstunden. Der Lehrer erzählte offen, dass er in der HJ gewesen sei – und es toll gefunden hatte. Umso schlimmer sei die Erkenntnis gewesen betrogen worden zu sein. Zum ersten Mal wurde offen über die Verfolgung und Ermordung der Juden gesprochen. Und Wilhelm Tell gelesen. Dem Lehrer war es wichtiger uns freie Meinungsäußerung zu erlauben als sturen Deutschunterricht zu erteilen. Da bisher niemals auch nur ein Sterbenswörtchen über das 3. Reich und Hitler im Unterricht gefallen war, schon gar nicht in Geschichte, hingen alle an seinen Lippen. Geschichtsunterricht fing damals mit Ägypten an und hörte mit dem Ende des 1.Weltkrieges auf. Die Lücke wurde nun gefüllt; dafür liebten wir ihn. Das Ergebnis war eine kritische zehnte Klasse und meine Möglichkeit in die Aufbaustufe für das Gymnasium zu kommen.

Zu Hause besserte sich – nichts! Das Schweigen war mittlerweile unerträglich geworden, Mami sprach seit Monaten kein Wort mehr mit mir, was mich an den Rand der Verzweiflung trieb, da war Schlagen sogar harmlos gewesen. Zu Weihnachten hatte sie mir wortlos ein Tagebuch auf den

Gabentisch gelegt, ich taufte es Kitty und schreib alles hinein, was mich bedrückte. Doch als sie mich mit daraus gerissenen Seiten konfrontierte – ich hatte sie in meinen Ergüssen als hinterlistige Ziege betituliert - und ich erkennen musste, dass sie es heimlich las, war der Ofen aus. Ich brach den Schrank auf, erwischte meine Geburtsurkunde, klaute noch etwas Geld aus Mamis Portemonnaie und riss aus. Ab nach Aachen, denn dort in der Stephanstraße wohnte vielleicht meine echte Mutter. Doch es öffnete eine alte Frau – meine Großmutter. Leider fand die es gar nicht toll, plötzlich eine fremde Jugendliche vor der Tür zu haben. Noch immer habe ich ihre erstaunte Frage in Erinnerung: Kommst Du aus Amerika? Wieso Amerika? Dort in Chicago wohnt deine leibliche Mutter. Mehr sagte sie nicht, eine Adresse gab sie mir nicht, rief nur zu Hause an, damit ich wieder abgeholt werde. Das erledigte dann Papis Chauffeur.

Ich war erneut im Gefängnis gelandet. Jetzt war es kein goldener Käfig mehr. Wenn ich irgendwie aus der Scheiße herauskommen wollte, musste ich schlauer werden, wie schon das Sprichwort sagt: aus Schaden wird man klug! Ich hatte nichts, nur meinen Verstand.

Das hieß: pauken, pauken und nochmal pauken als Neue am Goethegymnasium II, der späteren Clara-Schumann-Schule. Es galt viel nachzuholen und alles in kürzester Zeit, denn die Schule sollte ausgerechnet im Abiturjahr in einen Neubau ziehen. Daheim war meine Tante Lotte inzwischen ausgezogen, ich lebte nun in ihren kleinen Zimmerchen. Jeder Kontakt zu ihr war streng untersagt. Machte nichts, ich lernte. Aber nur noch für mich: Hausaufgaben für andere machte ich nicht mehr. Mitschülerinnen interessierten mich nicht. Ich merkte mir nicht mal ihre Namen. Ich wollte das Abitur schaffen, womöglich als Jahrgangsbeste. Es allen zeigen, was in mir steckt.

Neben der Schule begeisterte ich mich nur noch für Musik. Seit Jahren sang ich im Düsseldorfer Mädchenchor und hatte kleinere Rollen im Opernhaus, die sogar vergütet wurden. Durfte mit auf Auslandstourneen nach Holland, Belgien, England. Nicht mal Mami hatte es geschafft mich dort abzumelden, Papi bestand drauf, weil ich dadurch was für's Leben lernen konnte. Gern hätte ich Klavier spielen gelernt, auf unserer Straße gegenüber wohnte eine Klavierlehrerin, die wäre sogar bereit gewesen mir umsonst Unterricht zu erteilen, aber nachdem ich Ludwigs Geige zerschmettert hatte, weil ich dieses Instrument hasste, kam solch ein Angebot nicht in Frage. Immerhin brachte mich die Musik dazu über meine Zukunft nachzudenken. Kammersängerin wollte ich werden, für eine Opernsängerin war ich zu klein und dünn. Musik und Kunst studieren, das war ein Ziel. Mami wollte jedoch lieber, das das Kind Lehrerin wird und

Papi meinte, ich solle Wirtschaftswissenschaft studieren und dann in seine Firma kommen…Was ich werden wollte, stand nicht zur Diskussion.

So kam ich relativ unbehelligt durch die Oberstufe. Das schriftliche Abi hatte ich geschafft, nun stand das Mündliche an. Doch in der Schule erlebte ich eine böse Überraschung. Ich durfte nicht teilnehmen, da ich von der Schule abgemeldet worden war. Die Direktorin war peinlich berührt von meinem Erscheinen, und ich konnte und wollte es nicht glauben. Ich blieb da, kochte für meine Mitschülerinnen Kaffee und wartete auf ein Wunder. Sie mussten mich doch hereinrufen. Nein, sie riefen nicht…Mami hatte mich einfach abgemeldet…und mich ahnungslos zur Schule fahren lassen.

aus der Traum
vorbei

Wie ich nach Hause gekommen bin, weiß ich bis heute nicht. Ich wusste nur, da bleibe ich nicht mehr, packte das Nötigste in einen alten Rucksack und verließ das Haus.

Wer will mich haben?
Wo gehöre ich bloß hin?
Und was soll aus mir bloß werden?

Nun war ich buchstäblich auf der Straße gelandet, genau wie Mami immer prophezeit hatte. Sollte sie Recht behalten? Auf gar keinen Fall! Eine Lösung musste her – so schnell wie möglich und da fiel mir das Marienhospital ein.

In der Schule hatten wir in jedem Jahr ein soziales Praktikum absolviert. In der Obersekunda war ich 4 Wochen in einem Kindergarten in einem städtischen Brennpunkt gewesen, hatte in der Unterprima in einem Krankenhaus gearbeitet und in der Oberprima einen Monat im Jugendgefängnis. Zum Krankenhaus hatte ich noch Kontakte, da ich dort noch am Sonntagsdienst teilnahm. Also stand ich einfach vor der Tür der Schulschwester, bat um Aufnahme und hatte Glück. Schwester Ingeborg, der zweite Engel in meinem Leben war da. Ohne große Fragen nahm sie mich bei der Hand, gab mir ein Zimmer im Schwesternheim, holte die Erlaubnis dort zu wohnen bei meinen Eltern.

Irgendwie musste ich mein Leben auf die Reihe kriegen, so machte ich unter ihrer Aufsicht erst mal ein Praktikum. Früher war das Haus von Ordensleuten betreut worden, nun waren es Caritasschwestern. Betten machen, Essen bringen, auch Bettschüsseln reinigen und Essensreste zu den Schweinen bringen gehörte zu meinen Aufgaben. Krankenschwester wollte ich nicht werden, obwohl die Schwestern mehrmals versuchten mir den Beruf schmackhaft zu machen und mir die Uniform, besser gesagt das Habit, gut stand, wie ich zur Probe mal ausprobierte. Die Patienten waren nett und dankbar, das schon, mich interessierten mehr ihre Krankheiten und wie man sie erkennen konnte. Ein Medizinstudium kam wegen des fehlenden Abiturs nicht in Frage, vielleicht MTA? Düsseldorf hatte immerhin eine medizinische Akademie, dort könnte ich solch eine Ausbildung machen.

Gedacht, beworben, angenommen!

Nur im Schwesternheim konnte ich nun nicht mehr wohnen. Mir blieb nichts anderes übrig als zurück nach Gerresheim zu ziehen.

Vorher lernte ich jedoch meine leibliche Mutter Vera kennen…..

Auch das war der Verdienst der Schulschwester.

Das Treffen war allerdings eine Enttäuschung.

Um 2 Uhr nachmittags an einem Sonntag war es so weit. Ich erwartete Vera am Corneliusplatz an der Königsallee, und sie erschien mit einem jungen Mädchen – meiner Halbschwester. Das durfte die jedoch nicht wissen, was mir gleich zur Begrüßung auf Deutsch mitgeteilt wurde, eine Sprache, die Elfie nicht verstand, keiner in den USA durfte wissen, dass sie eine Tochter in Deutschland hat. Also spielte ich zwei volle Stunden die Fremdenführerin von Düsseldorf, dann verabschiedete ich beide am Bahnhof zur Weiterfahrt nach Aachen zu ihrer Familie.

Voneinander hatten wir nichts erfahren.

Dafür lernte ich an meiner Adoptivmutter völlig neue Seiten kennen. Plötzlich war sie um mein Wohl und Wehe besorgt, sie nannte das sich kümmern, kontaktierte sogar mehrere Professoren. Die Quittung bekam ich in einer Vorlesung mit der Frage, ob ich das schaffe ohne „Mutti" anwesend zu sein. Leider gab es kein Mauseloch zum Verkriechen. Der Zufall löste das Problem. Es war spät am Abend nach einer Feier an der Akademie. Wie immer hatte ich noch keinen eigenen Schlüssel für Tor und Haus, sondern musste schellen. Das tat ich, gründlich, sehr gründlich. In allen Häusern der Nachbarschaft gingen nach und nach die Lichter an, es wurde gerufen und geschimpft wegen des Lärms, nur bei uns blieb es grabesstill, bis schließlich eine Nachbarin die Eltern per Telefon weckte und Papi verschlafen öffnete. Mami war nicht aufgewacht.

2 Tage später hatte ich eigene Schlüssel und keine Vorwürfe mehr wegen sich Sorgen machen usw.

Einen Vorteil hatte die Sache aber doch: Eine Dozentin gab mir den Rat mich zur Begabtensonderprüfung anzumelden. Der Haken: ich war zu jung. Mittlerweile war ich zwar volljährig – das war man

90

damals erst mit 21 Jahren, für die Zulassung war jedoch ein Mindestalter von 25 Jahren vorgeschrieben. So lange wollte ich nicht warten. Ich paukte den gleichen Stoff wie die Medizinstudenten, vielleicht brachte mich das weiter, eine eigene Schule für MTA gab es noch nicht, es fiel somit nicht auf, wenn ich mehr Vorlesungen als nötig hörte.

Die Lösung kam unerwartet aus Köln. Mein Abgangszeugnis wurde anerkannt und ich somit zum Vorphysikum dort zugelassen; die vorklinischen Semester konnten zu der Zeit an der Akademie in Düsseldorf noch nicht belegt werden. Das änderte sich nun mit der Ernennung zur Universität Düsseldorf bei einem großen Festakt im Opernhaus. Fast zeitgleich bestand ich die Prüfung als MTA, begann ein Praktikum in der Radiologie und paukte weiter dank eines großzügigen Chefs, der mich für die Vorlesungen beurlaubte. Schaffte sogar das Physikum, glaubte lange nicht, das es so war, und fühle heute noch Panik in mir aufsteigen, wenn ich daran denke. Und das kam so: Zugegeben, in Chemie war ich eine totale Niete, hatte keinen blassen Schimmer, da konnte ich pauken so viel ich wollte oder konnte. Es ging einfach nicht in meinen Schädel. Klar, dass ich einen Riesenbammel vor der Prüfung hatte. Und prompt kam, wie es kommen musste. Nicht mal die Frage verstand ich, geschweige was die Kommission wissen wollte. Da vernahm ich ein Flüstern: Sprechen Sie über Ihr letztes Referat in meiner Vorlesung. Es war meine Chemieprofessorin! Und so redete ich und redete ich, und keinem Menschen schien es aufzufallen, das ich über was völlig anderes sprach. Raus ging ich mit Gummi in den Beinen, lungerte vor dem Prüfungssaal rum und erwartete jeden Moment wieder hereingerufen zu werden oder noch schlimmer aus dem Studium geschmissen zu werden. Doch nichts geschah. Das Wunder hielt an, und 3 Jahre später bestand ich sogar das Staatsexamen.

Wie hältst du's mit der Religion?

Offen gestanden, hielt ich zu der Zeit nicht allzu viel davon, um es vorsichtig auszudrücken: sie war mir egal. Das war nicht immer so gewesen. Mami war sehr fromm, in der Schule wurde viel Wert auf die Religion gelegt, Bibel und Katechismus waren die Stützpfeiler eines gottgerechten Lebens. Unsere Pfarrei hatte einen phantastischen Pastor als Chef, einen bei Kindern und Jugendlichen beliebten Kaplan, der für jeden Spaß zu haben war – leider nur für die Jungen, wir Mädchen hatten einen eher moralisierenden strengen Kaplan zugewiesen bekommen.

Unser Pastor lief mit dem Hut mehr in der Hand als auf dem Kopf, er kam an keinem einzigen Gegenüber ohne Gruß und Wort vorbei, wodurch er zum Leidwesen des Küsters stets verspätet zur Hl. Messe erschien. Der von allen beliebte Kaplan nahm die Jungen auf eine Spritztour auf seiner Vespa mit, und wenn er sonntags nachmittags die Christenlehre abhielt, war es ein Vergnügen ihm zuzuhören – sogar Lachen in der Kirche war erlaubt.

Kirche war etwas Schönes, auch wenn mir von dem vielen Weihrauch einmal so schlecht wurde, das ich mit dem Banner am Hochaltar polternd auf den Boden knallte . Gott war in meinem Kinderglauben Halt und Stütze. Warum jedoch nur Jungen Messdiener und später Priester werden durften, wollte ich nicht verstehen und fand es ungerecht und gemein. Nur von der Muttergottes hielt ich nichts, an liebende Mütter glaubte ich nicht…Das hielt mich aber nicht davon ab, im Monat Mai vor einem der vielen Heiligenbildchen einen üppigen Blumenaltar auf der Fensterbank zu bauen.

Und Gott half auch niemandem aus der Einsamkeit.

Vielleicht die Pfadfinder – ein Versuch konnte ja nicht schaden. Zudem war es eine Möglichkeit offiziell einmal nachmittags aus dem Haus zu dürfen -gegen eine katholische Jugendgruppe konnte selbst Mami keine Argumente als Verbot vorbringen. So kam ich gleich zu den Pfadis, den Pfadfinderinnen, für einen Wichtel war ich schon zu alt. Die Treffen fanden im Aloyisianum gleich neben der Kirche statt, einem gelben Klinkerbau, in dem es leider so oft grässlich nach Katze stank, dass die Gruppe sich lieber an der Hasenwiese zu Füßen der Gerresheimer Höhen traf. Passte auch besser, schließlich lieben Pfadis die Natur und lernen von ihr.

Die erste große Wochenendfahrt ging für den gesamten Stamm ins Bergische Land nach Dabringhausen in die Jugendherberge. Das erste Mal schlief ich mit anderen Mädchen zusammen auf einer Stube in Etagenbetten, eine völlig neue Erfahrung, die mich die ganze Nacht wachhalten und auf die Atemzüge der Anderen lauschen ließ. Am nächsten Tag ging es früh morgens los. Die „Großen" hatten das Kommando...und ich hatte nichts zu melden., jetzt nicht und später auch nicht. Erst recht nicht, als ich mit dem Banner in der Hand im Gottesdienst einfach umkippte....

Gerettet wurde ich durch die Besuche in der Eifel. Ingeborg fuhr mit mir am Wochenende nach Steinfeld in die Eifel. In ein Kloster der Benediktinerinnen.

Die erste Fahrt war ein Erlebnis, eine Fahrt in vergangene Zeiten. Zuerst ging es ganz normal mit dem Schnellzug nach Köln, dort Umstieg in ein altes Ungetüm mit einer Dampflok in Richtung Kall, um dann mit einer noch älteren Bahn bis nach Urft zu zockeln. In meinen Ohren erklang dabei Beethovens 6. Symphonie, und die Räder ratterten den Takt. Dam tata damda, dam tata damda, damtata damda, und die vorbeiziehende Landschaft zeigte die Bilder dazu. Den Rest ab Urft bergauf mussten wir zu Fuß bewältigen.

Beherrscht wird der Ort bis heute von einer riesigen Klosteranlage, in deren Zentrum sich eine prächtige Kirche erhebt. Unscheinbar gegenüber war der Eingang zum kleinen Kloster der Benediktinerinnen. Schwester Lioba begrüßte uns in ihrem kleinen Empfangszimmer, eine junge Novizin brachte uns in unsere Zellen, spartanisch eingerichtete Kammern, Tür an Tür mit den anderen Nonnen.

Dieses Haus atmete eine mir völlig fremde Atmosphäre, die jedem sofort ein Gefühl völliger Geborgenheit vermittelte, ein bis dahin vollkommen unbekanntes Erleben meinerseits. Ich fühlte mich zu Hause, und so war es kein Wunder, dass ich in der Folge versuchte, so oft wie möglich die Wochenenden dort zu verbringen, in der Eifel – bei meinen Benediktinerinnen. Nur hier lebte ich eine unbeschreibliche Ruhe, und so war es kein Wunder, dass ich all meinen Mut zusammennahm und schriftlich um Aufnahme bat.

Ab da hieß es warten. Warten und nochmals warten. Und jedes zweite Wochenende hinfahren – mit dem eigenen Auto, einem Fiat 124. Papi hatte mir den Führerschein finanziert und auch das Auto gekauft. Er war mittlerweile Pensionär, einen Fahrer plus Wagen gab es nicht mehr für ihn, das durfte ich jetzt machen, und ich machte es gern, beide Seiten kamen auf ihre Kosten bei dem Agreement.

Dann kam endlich eine Antwort, aber nicht von der Oberin sondern einer ihrer Schwestern.

„…Sie warten längst auf Antwort, vor allem auf die von Frau Priorin. Sie hat mich beauftragt Ihnen zu schreiben und so liegt die Schuld der Verzögerung bei mir, weil ich einfach während der Arbeit keine Zeit finde.

Liebe Ch. und da muß ich Ihnen sagen, daß Frau Priorin nichts gegen einen gelegentlichen, kurzen Besuch hat, wohl aber sonst bei dem bleibt, was sie Ihnen damals sagte, daß sie eine Heirat für sinnvoller hält. Ich weiß, dass das für Sie eine große Enttäuschung bedeutet; aber ich nehme derartige Geschehnisse immer als liebevolle Führung Gottes, der mich dann sicher vor noch größerer Enttäuschung bewahren will, usw.

Mit meinem Gebet und meinen guten Wünschen bin ich oft bei Ihnen – und wie soll es da anders als letztlich gut werden,

Ihre Sr. Gabriel"

SIE hatte es mir gesagt, das wüsste ich aber!

Wieder einmal war mir – dieses Mal durch die Kirche - ein Strich durch meine Lebensplanung gemacht worden.

Vielleicht die Politik?

Gerresheim war nicht nur zweigeteilt in oberes mit der Hard und unteres mit der Glashütte. In Gerresheim „regierten" oben die Christdemokraten und vielleicht noch ein wenig die FDP, unten war alles in fester Hand von der SPD, den Sozis und den Kommunisten. Als Bewohnerin des oberen Stadtteils war klar, ich gehe zur CDU, in meinem Alter war das die Junge Union. Leider von jung bis alt ein Männerclub, machte nichts, ich wollte sie ja nicht heiraten sondern mit ihnen gestalten. Meine Heimat gestalten,keine Namenlose sein. Etwas schaffen. Erschaffen.

So stürzte ich mich voll und ganz in die Arbeit, als Ausgleich wählte ich politische Mitarbeit vor Ort. Von Männern da wie dort umgeben, nahm ich keinerlei Notiz von ihnen. Das gestaltete sich allerdings doch viel schwieriger als ich erhofft hatte. Irgendwie war unter den Herren immer schon alles abgesprochen, anscheinend irgendwo in trauter Runde beim Bierchen oder über andere Kanäle – ich kam nicht rein. Und meine Zeit mit Scheinarbeit zu verbringen, war mir zu wenig.

So verließ ich diese gesellige Runde, sollten sie doch ohne mich weiter machen….

Und was ist mit der Liebe?

Heiraten sollte ich, so war es mir schriftlich mitgeteilt worden. Das Problem war nur, Männer interessierten mich nicht. Meine Erfahrungen mit ihnen waren nicht gerade positiv gewesen. Vielleicht hing es mit dem Umstand zusammen, dass man ja nicht wusste, wo ich herkam – unehelich geboren zu sein, bedeutete einen schweren Makel. Die Jungs sahen so eine wie mich als Freiwild, nett für einen schnellen Quickie, jedoch untauglich für eine echte Beziehung, da man nicht wusste, welches Blut sie hat….Da war die Rassenkunde doch noch nicht getilgt aus den Köpfen.

Jungs interessierten mich erst recht nicht, sie waren laut, wussten immer alles besser und prügelten sich. Umgekehrt war es wohl anders. Peter, der ältere Bruder einer Klassenkameradin, bot mir im Alter von 8 Jahren die ungeheure Summe von 5 DM an, wenn ich mich untenrum ausziehe – ich fand das damals zu blöde, soll er doch bei seiner Schwester gucken. Er versuchte es nie wieder.

Jungen trieben sich abends am Pfeffergässchen rum. Von daher gesehen, war Mamis Befürchtung von Rumtreiberei und fraglichem Nachwuchs keine unnötige Sorge. Das Nachbarkind war in solch eine Lage geraten und schon mit 16 Jahren Mutter geworden. Die Nachbarn zerrissen sich das Maul darüber, sie selbst nahm es mit stoischer Ruhe hin und kümmerte sich liebevoll und mit ganzer Hingabe um ihr Baby, machte sogar hinterher noch eine Ausbildung zur Kindergärtnerin. Dafür hatte sie meine volle Anerkennung.

Mit 16 besuchte ich auf Papis Verlangen die Tanzschule an der Grafenberger Allee und bekam einen ersten Verehrer, mein Tanzpartner Uli. Uli war Gymnasiast in der Unterprima, interessierte sich für Menschen und wollte später im Seelenschlamm der Menschheit wüten, er hatte ernsthaft vor Psychologie zu studieren.

Ich war eins seiner ersten Opfer, er konnte sich gleich die Zähne an mir ausbeißen. Da er in seinem Eifer nicht nachließ, schmiss ich die Tanzschule…

Die Liebe schlug das erste Mal bei Robert zu. Er war der einzige männliche Laienspieler in einer Theatergruppe des Marienhospitals und der dortige Messdiener. Ihn zu nur zu sehen, bedeutete hohen Blutdruck, wechselnde Gesichtsfarbe, weiche Knie. Er war ein - so nannte man das damals- gestandener junger Mann mit einer soliden Ausbildung als Kaufmann, also Volksschule und abgeschlossene Lehre, kein Akademiker, keine Flausen im Kopf, im Hintergrund 8 Brüder, eine große Familie, die wie Pech und Schwefel zusammen hielt. Nur mit ihm wollte ich zusammen sein, jede freie Minute auskosten. Und natürlich seine famosen Eltern kennen lernen. Daraus wurde nichts. Der Vater verbot ihm den Umgang mit mir, einer Unehelichen, und Robert war ein braver Sohn, er gehorchte. Das Loch konnte gar nicht tief genug sein, worin ich hineinfiel. Mit Jungen, nein mit Männern wollte ich nie mehr was zu tun haben.

An der Uni hielt ich mich abseits von den anderen Mädchen, die meistens nur dort waren, um sich „einen Mediziner zu angeln". Zumindest war das die am meisten verbreitete Meinung unter den Herren Studenten, die nur mit dem kleinen Finger winken mussten, um gleich eine Handvoll am Wickel zu haben. Natürlich stimmte das in keiner Weise, aber Vorurteile halten sich bekanntlich hartnäckig, und manche Professoren waren geradezu Meister in ihrem Bedienen, leider auch einige Studentinnen, die bestimmte „Abendeinladungen" nur zu gern annahmen.

Ich hatte noch in anderer Hinsicht Glück: ich war anatomisch falsch gebaut, zu klein, zu dünn, zu flach, kurz ein BMW, ein Brett mit Warze. Uninteressant. Nur einer ließ sich davon nicht abhalten, Norbert. Wir trafen uns regelmäßig in der Straßenbahn, auch er wohnte in Gerresheim, und er brauchte eine Begleiterin für die Treffen bei der katholischen Burschenschaft Bavaria, und dafür war ich gut genug. Zudem musste ich keine Befürchtungen haben mit ‚nem Balg nach Hause zu kommen', als ernsthafter Katholik kam für ihn vorehelicher Verkehr nicht in Frage.

Wahrscheinlich fand er deshalb auch keine andere, wer kauft schon eine Katze im Sack, war die allgemeine Meinung dazu.

Das Dumme war nur, ich wurde immer unzufriedener. Eine Sache ist es ehrenwert zu scheinen und Sex erst mal abzulehnen, eine ganz andere gar nicht aufgefordert zu werden. Norberts eiserne Prinzipien brachten mich fast an den Rand der Verzweiflung, und was noch schlimmer war, mein kümmerliches Ego fraß den letzten Rest von Selbstbewusstsein. Ich ging allen und allem aus dem Weg, auch Norbert gab ich den Laufpass.

Niemand wollte mich, die Kirche nicht und die Männer schon gar nicht. Studentenunruhen in Berlin der 68er erreichten mich nicht, propagierte freie Liebe ebenso wenig. Lange Haare bei Männern waren mir egal, ohne BH zu gehen fiel bei mir nicht auf. Ich fing an Hosenanzüge und Krawatten zu tragen, meine langen Haare schnitt ich ab und trug ab sofort eine Pagenfrisur à Mireille Mathieu, der französischen Chansonsängerin. Französische Chansons hatten es mir schon immer angetan, allen voran die Lieder Edith Piafs. Überhaupt. Frankreich: das war mein Sehnsuchtsland seit ich 1964 dort Urlaub gemacht hatte. Der Anlass dazu war jedoch weniger schön. Ludwig, der tote Sohn war umgebettet worden auf einen neuen Soldatenfriedhof, zu dessen Einweihung die Familie hingefahren war. Damals hätte die

Möglichkeit bestanden ihn nach Hause auf unseren Friedhof in Gerresheim zu holen, das scheiterte an Mamis Weigerung als Begleitung im Leichenwagen mit zu fahren, weil das Unglück bringt. Papi erlaubte mir damals mich abzuseilen und meinen eigenen Urlaub zu machen, und der war einfach wundervoll. Der Spruch: Leben wie Gott in Frankreich, bekam für mich eine völlig neue Bedeutung.

Eine weitere Begeisterung entwickelte ich für das Autofahren, v.a. nachts auf dem Nürburgring. Die Rennstrecke in der Eifel war in den Jahren noch frei zugänglich, und frei fühlte ich mich dort, alles loslassen, fallen lassen.

Alles vergessen.

Vergessen

Einfach Vergessen

Viel zu viel vergessen

Mit dem Vergessen war es so eine besondere Art. War ich zu Hause, erinnerte ich mich nicht mehr an die nächtliche Eifelfahrt, war ich im Dienst, vergaß ich alles, was mit Zuhause zusammen hing.

Zum Glück fragte niemand, und wenn, gab es nichts Besonderes zu berichten.

Nur mir wurde alles zu eng. Vor allem wollte ich von zu Hause weg, ich hatte es so satt dieses ewige Schweigen, dieses sich nichts zu sagen haben, keine Gemeinsamkeiten, auch diese beiden alten Leute, wie ich die Eltern mittlerweile nannte, lebten jeder auf seinem eigenen Planeten. Selbst Papis Nähe hasste ich seit geraumer Zeit, wir sprachen nicht mehr miteinander auf Französisch, damit Mami uns nicht verstehen konnte, weil sie die Sprache nie gelernt hatte.

Und dann entdeckte ich die kleine Annonce in der Zeitung. Da war die Rede vom gemeinsamen Nestbau, von füreinander da sein.

Unter der Rubrik: ER SUCHT SIE

Weiß der Teufel, was mich geritten hat, darauf zu antworten….

Das erste Treffen fand vor dem Hintergrund des Wahlkampfes zur Kanzlerkandidatur von Georg Kiesinger – ein wahrhaft neutrales Feld zum Kennenlernen. Ich wollte den Mann sehen, den ein Jahr vorher Beate Klarsfeld geohrfeigt hatte wegen seiner Vergangenheit in der NS-Zeit, und der Briefschreiber den amtierenden Bundeskanzler unterstützen. Selbst nach mehr als 20 Jahren seit dem Ende des 2. Weltkrieges gab es immer noch keine gerechte Aufarbeitung der damaligen Vernichtung der Juden. Immer noch behaupteten die meisten nichts davon gewusst oder gar geahnt zu haben. Dabei hatten wir zu Hause schon seit Kriegende ein Heft, herausgegeben von der damaligen Besatzungsmacht, das alle Vernichtungslager und KZs genau aufgezeichnet hatte, und dieses Heft jedem Haushalt zugeteilt worden war. Von wegen, nichts gewusst.

Er hieß Günter.

Und Amors Pfeil traf mitten ins Herz.

In beide Herzen

Kiesingers Rede war bestimmt nicht schuld daran. Ich konnte mich nicht mal an ein Wörtchen davon erinnern, dafür an den ersten Besuch in einer Wirtschaft. Es gab Pils mit Sekt.

Niemals vorher hatte ich ein solches Lokal betreten, das war verpönt, unter unserem Niveau; unsereiner ging ins Restaurant zum gepflegten Speisen und dazu einen edlen Tropfen zu trinken. Doch nicht in eine Kneipe, nicht zum Bier trinken. Geradezu abartig –so ein Verhalten!

Und genau so etwas Verrufenes machten wir. Saßen in einer Kneipe, einer Wirtschaft, und tranken nur. Und ich mochte es, mochte die dortige Atmosphäre, mochte das Getränk, diese Mischung aus herb und süß, sogar den Absacker zum Schluss, ein Weizenschnaps, der auf der Zunge und der Kehle brannte und Tränen in die Augen trieb.

Wir wurden unzertrennlich, die Zeit ohne den anderen schien unerträglich, jeder fieberte dem anderen entgegen. Liebe im Schnelldurchlauf.

Er war in Westfalen aufgewachsen, dort lebte seine Familie, Vater und drei Geschwister, er war der Älteste, seine Mutter vor einem Jahr verstorben. Berauscht von seinen Schilderungen, brannte ich darauf die gesamte „Mischpoke" kennen zu lernen, eine intakte große Familie. Hier war er endlich, der Schlüssel zu einer wundervollen, verheißungsvollen, glänzenden Zukunft. Reisen wollten wir, evtl. sogar im Ausland leben, vielleicht bekomme ich eine Stelle in einer deutschen Botschaft, Asien oder Südamerika phantasierte er in die Zukunft. Die gebauten Luftschlösser waren gewaltig, pompös, geradezu umwerfend.

So weit reisten wir das erste Mal nicht, da ging es nur zu ihm nach Hause zu seiner Familie. Im Auto teilte er mir dann mit, dass alle Geschwister sich zur Feier des 1. Todesjahres seiner Mutter treffen wollten. Vor Schreck wäre ich am liebsten aus dem fahrenden Auto gesprungen, was hatte ich als vollkommen Fremde in einem solchen Familienkreis zu suchen. Der Zeitpunkt schien mir denkbar schlecht.

Die reinsten Horrorbilder tanzten in meinem Kopf herum, führten eine grässliche Polka auf, ließen alle Zukunftsbilder platzen und mich als ein Häufchen Elend in den Autosessel niederdrücken. Klein, kleiner, am kleinsten.

Schluss, Aus, Feierabend.

Das war's.

Es kam anders, völlig anders. ·

Der Empfang war überwältigend. Da war nur Offenheit, Fröhlichkeit unter den Geschwistern, und ich hatte das erste Mal gleich das Gefühl willkommen zu sein, einfach weil ich da war, mehr brauchte es nicht.

Ich hatte meinen Hafen gefunden. Ich war zu Hause.

Die Zukunft hieß nicht mehr Tod, sie hieß nun Leben!

Quellenangaben:

Wirtschaft und Statistik,

Statistisches Reichsamt, Berlin, 1921